RAINER MARIA RILKE

SÄMTLICHE WERKE

ZWEITER BAND

Gedichte · Zweiter Teil

INSEL-VERLAG · MCMLVI

4. XII. 1875   RMR   29. XII. 1926

ERSTE ABTEILUNG

SAMMLUNG DER VERSTREUTEN
UND NACHGELASSENEN GEDICHTE
AUS DEN JAHREN 1906 BIS 1926

/ ERSTER TEIL

VOLLENDETES

⟨AUF DEN TOD
DER GRÄFIN LUISE SCHWERIN⟩

I

Sinnend von Legende zu Legende
such ich deinen Namen, helle Frau.
Wie die Nächte um die Sonnenwende,
in die Sterne wachsen ohne Ende,
nimmst du alles in dich auf, Legende,
und umgiebst mich wie ein tiefes Blau.

Aber denen, die dich nicht erfahren,
kann ich, hülflos, nichts versprechen als:
dich aus allen Dingen auszusparen,
so wie man in deinen Mädchenjahren
zeichnete das Weiß des Wasserfalls.

Dies nur will ich ihnen lassen und
mich verbergen unter dem Geringen.
Unrecht tut an dir Kontur und Mund.
Du bist Himmel, tiefer Hintergrund,
sanft umrahmt von deinen liebsten Dingen.

II

Liebende und Leidende verwehten
wie ein Blätterfall im welken Park.
Aber wie in seidenen Tapeten
hält sich immer noch dein Gehn und Beten,
und die Farben bleiben still und stark.

Alles sieht man: deiner Augen Weide
(und ein Frühlingstag geht darauf vor),
deines Glücks geschontes Stirngeschmeide
und, allein, des Stolzes Vignentor
vor dem weiten Weg in deinem Leide.

Doch auf jedem Bild und nirgends alt
in dem weißen, immer in dem gleichen
Kleide steht, erkennbar ohne Zeichen,
deiner Liebe stillende Gestalt,
schlank geneigt, um etwas hinzureichen.

AN DIE FRAU PRINZESSIN
M⟨ADELEINE⟩ VON B⟨ROGLIE⟩

WIR *sind* ja. Doch kaum anders als den Lämmern
gehn uns die Tage hin mit Flucht und Schein;
auch uns verlangt, sooft die Wiesen dämmern,
zurückzugehn. Doch treibt uns keiner ein.

Wir bleiben draußen Tag und Nacht und Tag.
Die Sonne tut uns wohl, uns schreckt der Regen;
wir dürfen aufstehn und uns niederlegen
und etwas mutig sein und etwas zag.

Nur manchmal, während wir so schmerzhaft reifen,
daß wir an diesem beinah sterben, dann:
formt sich aus allem, was wir nicht begreifen,
ein Angesicht und sieht uns strahlend an.

IMPROVISATIONEN
AUS DEM CAPRESER WINTER

⟨I⟩

Täglich stehst du mir steil vor dem Herzen,
Gebirge, Gestein,
Wildnis, Un-weg: Gott, in dem ich allein
steige und falle und irre..., täglich in mein
gestern Gegangenes wieder hinein
kreisend.
Weisend greift mich manchmal am Kreuzweg der Wind,
wirft mich hin, wo ein Pfad beginnt,
oder es trinkt mich ein Weg im Stillen.
Aber dein unbewältigter Willen
zieht die Pfade zusamm wie Alaun,
bis sie, als alte haltlose Rillen,
sich verlieren ins Abgrundsgraun...

Laß mich, laß mich, die Augen geschlossen,
wie mit verschluckten Augen, laß
mich, den Rücken an den Kolossen,
warten, an deinem Rande, daß
dieser Schwindel, mit dem ich verrinne
meine hingerissenen Sinne
wieder an ihre Stelle legt.
Regt sich denn Alles in mir? Ist kein Festes,
das bestünde auf seines Gewichts
Anrecht? Mein Bangestes und mein Bestes...
Und der Wirbel nimmt es wie nichts
mit in die Tiefen...

Gesicht, mein Gesicht:
wessen bist du? für was für Dinge
bist du Gesicht?
Wie kannst du Gesicht sein für so ein Innen,
drin sich immerfort das Beginnen
mit dem Zerfließen zu etwas ballt.
Hat der Wald ein Gesicht?
Steht der Berge Basalt
gesichtlos nicht da?
Hebt sich das Meer
nicht ohne Gesicht
aus dem Meergrund her?
Spiegelt sich nicht der Himmel drin,
ohne Stirn, ohne Mund, ohne Kinn?

Kommen einem die Tiere nicht
manchmal, als bäten sie: nimm mein Gesicht?
Ihr Gesicht ist ihnen zu schwer,
und sie halten mit ihm ihr klein-
wenig Seele zu weit hinein
ins Leben. Und wir?
Tiere der Seele, verstört
von allem in uns, noch nicht
fertig zu nichts, wir weidenden
Seelen,
flehen wir zu dem Bescheidenden
nächtens nicht um das Nicht-Gesicht,
das zu unserem Dunkel gehört?

Mein Dunkel, mein Dunkel, da steh ich mit dir,
und alles geht draußen vorbei;
und ich wollte, mir wüchse, wie einem Tier,
eine Stimme, ein einziger Schrei
für alles –. Denn was soll mir die Zahl
der Worte, die kommen und fliehn,
wenn ein Vogellaut, vieltausendmal,
geschrien und wieder geschrien,
ein winziges Herz so weit macht und eins
mit dem Herzen der Luft, mit dem Herzen des Hains
und so hell und so hörbar für Ihn....:
der immer wieder, sooft es tagt,
aufsteigt: steilstes Gestein.
Und türm ich mein Herz auf mein Hirn und mein
Sehnen darauf und mein Einsamsein:
wie bleibt das klein,
weil *Er* es überragt.

⟨II⟩

WIE wenn ich, unter Hundertem, mein Herz,
das überhäufte, lebend wiederfände,
und wieder nähm ich es in meine Hände,
es findend unter Hundertem, mein Herz:
und hübe es hinaus aus mir, in das,
was draußen ist, in grauen Morgenregen,
dem Tage hin, der sich auf langen Wegen
besinnt und wandelt ohne Unterlaß,
oder an Abenden, der Nacht entgegen
der nahenden, der klaren Karitas...

Und hielte es, soweit ich kann, hinein
in Wind und Stille; wenn ich nicht mehr kann,
nimmst du es dann?
Oh nimm es, pflanz es ein!
Nein, wirf es nur auf Felsen, auf Granit,
wohin es fällt; sobald es dir entfallen,
wird es schon treiben und wird Wurzelkrallen
einschlagen in das härteste von allen
Gebirgen, welches sich dem Jahr entzieht.
Und treibt es nicht, ist es nicht jung genug,
wird es allmählich von dem Höhenzug
die Art und Farbe lernen vom Gestein
und wird daliegen unter seinen Splittern,
mit ihm verwachsen und mit ihm verwittern
und mit ihm stehen in den Sturm hinein.

Und willst du's niederlassen in den Grund
der dumpfen Meere, unter Muschelschalen,
wer weiß, ob nicht aus seinem Röhrenmund
ein Tier sich streckt, das dich mit seinen Strahlen
zu fassen sucht und einzuziehen und
mit dir zu schlafen.

..... laß nur irgendwo
es eine Stelle finden und nicht so
im Raume sein, dem deine Sterne kaum
genügen können. Sieh, es fällt im Raum.

Du sollst es ja nicht, wie das Herz von Tieren,
in deiner Hand behalten, Nacht und Tag;

wenn es nur eine Weile drinnen lag!
Du konntest in den dürftigsten Verschlag
die Herzen deiner Heiligen verlieren,
sie blühten drin und brachten dir Ertrag.
. . . .
Du freier, unbegreiflicher Verschwender,
da jagst du, wie im Sprung, an mir vorbei.
Du heller Hirsch! Du alter Hundert-Ender!
Und immer wieder wirfst du ein Geweih
von deinem Haupte ab und flüchtest leichter
durch deine Jäger, (wie dich alles trägt!)
sie aber sehen nur, du Unerreichter,
daß hinter dir die Welt zusammenschlägt.

⟨III⟩
So viele Dinge liegen aufgerissen
von raschen Händen, die sich auf der Suche
nach dir verspäteten: sie wollten wissen.

Und manchmal ist in einem alten Buche
ein unbegreiflich Dunkles angestrichen.
Da warst du einst. Wo bist du hin entwichen?

Hielt einer dich, so hast du ihn zerbrochen,
sein Herz blieb offen, und du warst nicht drin;
hat je ein Redender zu dir gesprochen,
so war es atemlos: Wo gehst du hin?

Auch mir geschahs. Nur, daß ich dich nicht
Ich diene nur und dränge dich um nichts. [frage.

Ich halte, wartend, meines Angesichts
williges Schauen in den Wind der Tage
und klage den Nächten nicht.....
                    (da ich sie wissen seh)

EIN FRÜHLINGSWIND

Mit diesem Wind kommt Schicksal; laß, o laß
es kommen, all das Drängende und Blinde,
von dem wir glühen werden –: alles das.
(Sei still und rühr dich nicht, daß es uns finde.)
O unser Schicksal kommt mit diesem Winde.

Von irgendwo bringt dieser neue Wind,
schwankend vom Tragen namenloser Dinge,
über das Meer her *was wir sind*.

.... Wären wirs doch. So wären wir zuhaus.
(Die Himmel stiegen in uns auf und nieder.)
Aber mit diesem Wind geht immer wieder
das Schicksal riesig über uns hinaus.

IMPROVISATIONEN
AUS DEM CAPRESER WINTER

⟨IV⟩

(Für die junge Gräfin M. zu S.)

NUN schließe deine Augen: daß wir nun
dies alles so verschließen dürfen
in unsrer Dunkelheit, in unserm Ruhn,
(wie einer, dems gehört).
Bei Wünschen, bei Entwürfen,
bei Ungetanem, das wir einmal tun,
da irgendwo in uns, ganz tief
ist nun auch dies; ist wie ein Brief,
den wir verschließen.

Laß die Augen zu. *Da* ist es nicht,
da ist jetzt nichts, als Nacht;
die Zimmernacht rings um ein kleines Licht,
(du kennst sie gut).
Doch *in* dir ist nun alles dies und wacht –
und trägt dein sanft verschlossenes Gesicht
wie eine Flut...

Und trägt nun dich. Und alles in dir trägt,
und du bist wie ein Rosenblatt gelegt
auf deine Seele, welche steigt.
Warum ist das so viel für uns: *zu sehn?*
Auf einem Felsenrand zu stehn?
Wen meinten wir, indem wir *das* begrüßten,

was vor uns dalag?...
>>Ja, was war es denn?

Schließ inniger die Augen und erkenn
es langsam wieder: Meer um Meer,
schwer von sich selbst, blau aus sich her
und leer am Rand, mit einem Grund aus Grün.
(Aus welchem Grün? Es kommt sonst nirgends vor...)
Und plötzlich, atemlos, daraus empor
die Felsen jagend, von so tief, daß sie
im steilen Steigen gar nicht wissen, wie
ihr Steigen enden soll. Auf einmal bricht
es an den Himmeln ab, dort, wo es dicht
von zuviel Himmel ist. Und drüber, sieh,
ist wieder Himmel, und bis weit hinein
in jenes Übermaß: wo ist er nicht?
Strahlen ihn nicht die beiden Klippen aus?
Malt nicht sein Licht das fernste Weiß, den Schnee,
der sich zu rühren scheint und weit hinaus
die Blicke mitnimmt. Und er hört nicht auf,
Himmel zu sein, eh wir ihn atmen.

Schließ, schließ fest die Augen.
War es dies?
Du weißt es kaum. Du kannst es schon nicht mehr
von deinem Innern trennen.
Himmel im Innern läßt sich schwer
erkennen.
Da geht das Herz und geht und sieht nicht her.

Und doch, du weißt, wir können also so
am Abend zugehn, wie die Anemonen,
Geschehen eines Tages in sich schließend,
und etwas größer morgens wieder aufgehn.
Und so zu tun, ist uns nicht nur erlaubt,
das ist es, was wir sollen: Zugehn lernen
über Unendlichem.

(Sahst du den Hirten heut? Der geht nicht zu.
Wie sollte er's? Dem fließt
der Tag hinein und fließt ihm wieder aus
wie einer Maske, hinter der es Schwarz ist...)

Wir aber dürfen uns verschließen, fest
zuschließen und bei jenen dunkeln Dingen,
die längst schon in uns sind, noch einen Rest
von anderm Unfaßbaren unterbringen,
wie einer, dems gehört.

SANTA MARIA A CETRELLA

I

DIE Kirche ist zu, und mir ist es geschieht
nichts mehr für dich. Bist du drin?
Der dich liebte, dein Eremit,
ging die Zeit mit ihm hin,
   liebe Marie a Cetrella.

Er war nicht mehr da, und sie schlossen dich
mit dem Schwarz ohne Licht in dein Haus;   [ein
und ich bin so wie du so allein, so allein
und ich rufe dich leise heraus:
  liebe Marie a Cetrella.

Weißt du denn noch von dem Lorbeerbaum,
den er dir im Garten gepflegt;
er steht noch da, jeder Blättersaum
wellend wie windbewegt –
  liebe Marie a Cetrella –

sieh: wie bewegt von dem Frühlingswind
der mitnimmt (gedenkst du wie –)
und ahnst du, wie warm die Kräuter sind:
sie duften als hülfen sie.
  Liebe Marie a Cetrella.

II

DIESE Tage schwanken noch. Das Helle
kann sich manchmal wie verscheucht entziehn.
Und ich bringe dir zu deiner Schwelle
einen kleinen Zweig von Ros-marin;

sieh wie rührend blüht er. Aber wir
haben ihm so trüben Sinn gegeben,
daß er uns mit seinem lieben Leben
an den Tod erinnern muß. Auch dir

ist es schwer geworden, ahnungslos
auszustrahlen deine klaren Gnaden,
denn sie haben dir das Herz beladen
mit dem Schicksal, das aus deinem Schooß

unaufhaltsam aufwuchs, bis es nicht
Einem, deinem Sohne, mehr gehörte –:
denn das Angesicht, das er zerstörte,
war viel älter als *sein* Angesicht.

III

Waren Schritte in dem Heiligtume?
Kannst du näher kommen? Bist du nicht
in dein Bild gebunden, wie die Blume,
die nur kommen kann, wenn man sie bricht.

O dann komm bis an die Türe innen
wenn du auch zu öffnen nicht vermagst,
und ich will mein Herz von vorn beginnen
und nichts andres sein als was du sagst.

Denk wir haben es ja schon so schwer,
dich zu fühlen ohne dich zu schauen.
Uns verwirrten alle diese Frauen
die wir liebten, ohne daß sie mehr

als ein Kommen und Vorüberschreiten
uns gewährten. Sag, wer waren sie?
Warum bleibt uns keine je zuseiten
und wo gehn sie alle hin, Marie?

IV

TÄGLICH auf weiten Wegen
geh ich zu dir (mit Recht):
verschlossen und entlegen
bist du diesem Geschlecht;

Du, die einmal inmitten
aller errichtet war;
von zu dir wollenden Schritten
widerhallte das ganze Jahr.

Jetzt ist mein Schritt der eine
und klingt an das stille Ziel.
Ich bin eine kleine Gemeine.
Du bist für mich zu viel.

Ich möchte dir entgegen
halten was rings entsteht
wie einem Frühlingsregen
vor dem ein Schatten geht.

V

DER dich liebte, mit verlegner Pflege
dich umgebend, weißt du noch: ging er
nicht mit dir auf diesem Mittelwege
mittags manchmal langsam hin und her?

Immer an derselben Stelle wendend,
(eine Hand für seine Kranke frei)

fragend, ob der Himmel nicht zu blendend
und die Erde nicht zu steinig sei;

unruhig, wenn er einmal dich verließ
bang gebückt zu seinen neuen Pflanzen, –
während *Du* – vergangen in dem Ganzen –
ohne Sorge warst um alles dies.

VI
Wie eins von den äußersten Kräutern
das weit im Gestein noch gedeiht:
so blühte dein Lächeln und Läutern
weiter, ganz oben im Leid.

In der letzten Leiden
Schrecken und ewigem Schnee.
Wie dürften wir unterscheiden
zwischen Gewährung und Weh

seit du nicht wußtest, wo eines,
wo das andre begann.
Unabwendbar wie Ungemeines
fingen sie beide an;

und wie Übergroßes
gingen sie beide aus,
über deines Schooßes
Dunkelheit hinaus.

VII

O WIE bist du jung in diesem Lande;
Kinder nicken dir vertraulich zu,
und ein Lied von Hirten ist imstande,
Ewige, die älter sind als du,
herzurufen zwischen ihre Ziegen;
oder jene Männer rufen sie
während sie die Weingewinde biegen:
einer viel zu großen Melodie
Stücke abgebrochen in sich findend,
um sie dann (im Weinberg weiterbindend)
hinzuschreien wie ein Tier das schrie –.

Und da hörst du draußen Schrei um Schrei
steigen, wo die Wege sich verlieren
und an deinem kleinen Haus vorbei.
Und dein Herz wird bange vor den ihren,

wie du so im spanischen Gewande
an der Türe stehst: mit Schmuck behangen
und bereit, aus diesem fremden Lande
fortzugehn, sobald sie es verlangen.

SEXTE UND SEGEN

HAT das Blut nur das Horchen des Ohres
auf einmal lauter durchronnen?
Oder traten die Nonnen
hinter das Gitter des Chores?

Sie haben noch nicht begonnen.
Sie sind vielleicht noch nicht da;
sie, die nie jemand sah
als die Madonnen der drei Altäre.

Da flieht ganz ferne ins Ungefähre
ein Ton:
als ob es der letzte wäre.

Und dann wieder, als ob man sich täusche
und als hörte niemand ihn,
kommt die Stille und die Geräusche
vom Weiterrücken und Niederknien;
die Türe schlägt zurück an die Schwelle
hinter einem der kam oder ging,
und es schwankt ein wenig Helle
aus den Lampen, wie ein Wink ...

Aber da singen und singen sie schon:
singen wie seit vielen Stunden,
mit den armen müden Munden
an das lange Lied gebunden
und geschleift von Ton zu Ton;

singen wie seit langen Jahren,
Jahren die ohne Ende waren;
singen wie mit ihren Haaren,
wie mit dem was man verbarg.
Ihre Stimmen haben lichte
halbverwischte Angesichte

wie sie sich zum Welt-Gerichte
heben werden, Sarg für Sarg.

Plötzlich geht aus allen eine
ganz allein hervor, empor –:
eine bleiche leichte kleine,
zu dem Wunder, zu dem Wohle –.
Und sie hält sich wie das Hohle
einer Muschel Gott ans Ohr.

DIE NACHT DER FRÜHLINGSWENDE
(Capri, 1907)

EIN Netz von raschen Schattenmaschen schleift
über aus Mond gemachte Gartenwege,
als ob Gefangenes sich drinnen rege,
das ein Entfernter groß zusammengreift.

Gefangner Duft, der widerstrebend bleibt.
Doch plötzlich ists, als risse eine Welle
das Netz entzwei an einer hellen Stelle,
und alles fließt dahin und flieht und treibt....

Noch einmal blättert, den wir lange kannten,
der weite Nachtwind in den harten Bäumen;
doch drüber stehen, stark und diamanten,
in tiefen feierlichen Zwischenräumen,
die großen Sterne einer Frühlingsnacht.

DER GOLDSCHMIED

WARTE! Langsam! droh ich jedem Ringe
und vertröste jedes Kettenglied:
später, draußen, kommt das, was geschieht.
Dinge, sag ich, Dinge, Dinge, Dinge!
wenn ich schmiede; vor dem Schmied
hat noch keines irgendwas zu sein
oder ein Geschick auf sich zu laden.
Hier sind alle gleich, von Gottes Gnaden:
ich, das Gold, das Feuer und der Stein.

Ruhig, ruhig, ruf nicht so, Rubin!
Diese Perle leidet, und es fluten
Wassertiefen im Aquamarin.
Dieser Umgang mit euch Ausgeruhten
ist ein Schrecken: alle wacht ihr auf!
Wollt ihr Bläue blitzen? Wollt ihr bluten?
Ungeheuer funkelt mir der Hauf.

Und das Gold, es scheint mit mir verständigt;
in der Flamme hab ich es gebändigt,
aber reizen muß ichs um den Stein.
Und auf einmal, um den Stein zu fassen,
schlägt das Raubding mit metallnem Hassen
seine Krallen in mich selber ein.

SKIZZE ZU EINEM SANKT GEORG

Aus dem Besitze der Fürstin
Marie von Thurn und Taxis-Hohenlohe

Weil er weißglüht, weil ihn keiner ertrüge,
halten ihn die Himmel immer verborgen.
Denk: es bräche plötzlich das Vordergebüge
und die Roßstirn durch den wolkigen Morgen
über dem Schloßpark. Und zu der alten Allee
niederstiege, vorsichtig tretenden Tanzes,
im Panzer das Pferd, langsam, die Bahn seines
mit der Rüstung pflügend wie Schnee. [Glanzes
Während, silberner über dem silbernen Tier,
unberührt von der Kühle und Trübe,
sich der Helm, vergittert und spiegelnd, hübe:
Früh-Wind in der schwingenden Zier.
Und im steileren Abstieg würde der ganze
Silberne sichtbar, klingend von lichtem Gerinn;
durch den erhobenen Henzen wüchse die Lanze,
ein einziges Glänzen, wer weiß bis wohin –
aus dem stummen, sich um ihn schließenden Park.

SONNEN-UNTERGANG
(Capri)

Wie Blicke blendend, wie eine warme Arene,
vom Tage bevölkert, umgab dich das Land;
bis endlich strahlend, als goldene Pallas-Athene
auf dem Vorgebirg der Untergang stand,

verstreut von dem groß ihn vergeudenden Meer.
Da wurde Raum in den langsam sich leerenden Räumen;
über dir, über den Häusern, über den Bäumen,
über den Bergen wurde es leer.

Und dein Leben, von dem man die lichten Gewichte
                                          gehoben,
stieg, soweit Raum war, über das Alles nach oben,
füllend die rasch sich verkühlende Leere der Welt.
Bis es, im Steigen, in kaum zu erfühlender Ferne
sanft an die Nacht stieß. Da wurden ihm einige Sterne,
als nächste Wirklichkeit, wehrend entgegengestellt.

DER DUFT

Wer bist du, Unbegreiflicher: du Geist,
wie weißt du mich von wo und wann zu finden,
der du das Innere (wie ein Erblinden)
so innig machst, daß es sich schließt und kreist.
Der Liebende, der eine an sich reißt,
hat sie nicht nah; nur du allein bist Nähe.
Wen hast du nicht durchtränkt als ob du jähe
die Farbe seiner Augen seist.

Ach, wer Musik in einem Spiegel sähe,
der sähe dich und wüßte, wie du heißt.

Ein junges Mädchen: das ist wie ein Stern:
die ganze Erde dunkelt ihm entgegen
und ist ihm aufgetan wie einem Regen,
und niemals trank sie einen seligern.

Ein junges Mädchen: das ist wie ein Schatz,
vergraben neben einer alten Linde;
da sollen Ringe sein und Goldgewinde,
doch keiner ist erwählt, daß er sie finde:
nur eine Sage geht und sagt den Platz.

Ein junges Mädchen: daß wir's niemals sind.
So wenig hat das Sein zu uns Vertrauen.
Am Anfang scheinen wir fast gleich, als Kind,
und später sind wir manchmal beinah Frauen
für einen Augenblick; doch wie verrinnt
das fern von uns, was Mädchen sind und schauen.

Mädchen gewesen sein: daß es das giebt.
Als sagte Eine: einmal war ich dies
und zeigte dir ein Halsband von Türkis
auf welkem Sammte; und man sieht noch, wie's
getragen war, verloren und geliebt.

NÄCHTLICHER GANG

Nichts ist vergleichbar. Denn was ist nicht ganz
mit sich allein und was je auszusagen;
wir nennen nichts, wir dürfen nur ertragen

und uns verständigen, daß da ein Glanz
und dort ein Blick vielleicht uns so gestreift
als wäre grade *das* darin gelebt
was unser Leben ist. Wer widerstrebt
dem wird nicht Welt. Und wer zuviel begreift
dem geht das Ewige vorbei. Zuweilen
in solchen großen Nächten sind wir wie
außer Gefahr, in gleichen leichten Teilen
den Sternen ausgeteilt. Wie drängen sie.

DIE LIEBENDEN

SIEH, wie sie zu einander erwachsen:
in ihren Adern wird alles Geist.
Ihre Gestalten beben wie Achsen,
um die es heiß und hinreißend kreist.
Dürstende, und sie bekommen zu trinken,
Wache und sieh: sie bekommen zu sehn.
Laß sie ineinander sinken,
um einander zu überstehn.

NONNEN-KLAGE

I

HERR Jesus – geh, vergleiche
dich irgend einem Mann.
Nun bist du doch der Reiche,
nun hast du Gottes weiche
Herrlichkeiten an.

Die dir erwählt gewesen,
jetzt kostest du sie aus
und kannst mit ihnen lesen
und spielen und Theresen
zeigen dein schönes Haus.

Deine Mutter ist eine Dame
im Himmel geworden, und
ihr gekrönter Name
blüht aus unserm Mund

in diesem Wintergarten,
nach dem du zuweilen siehst,
weil du dir große Arten
aus unseren Stimmen ziehst.

II
HERR Jesus – du hast alle
Frauen, die du nur willst.
Was liegt an meinem Schalle,
ob du ihn nimmst und stillst.

Er verliert sich im Geräusche,
er zerrinnt wie nichts im Raum.
Was du hörst sind andre; täusche
dich nicht: ich reiche kaum

unten aus meinem Herzen
bis in mein Gesicht, das singt.
Ich würde dich gerne schmerzen,
aber mir mißlingt

der Wurf, sooft ich mein Weh
werfe nach deinem Bilde;
es fällt von nahe milde
zurück und kalt wie Schnee.

III

WENN ich draußen stünde,
wo ich begonnen war,
so wären die Nächte Sünde
und der Tag Gefahr.

Es hätte mich einer genommen
und wieder gelassen, und
wäre ein zweiter gekommen
und hätte meinen Mund

verbogen mit seinen Küssen,
und dem dritten hätt ich vielleicht
barfuß folgen müssen
und hätte ihn nie erreicht;

und hätte den vierten nur so
aus Müdigkeit eingelassen,
um irgendwas zu fassen,
um zu liegen irgendwo.

Nun da ich bei keinem schlief,
sag: hab ich nichts begangen?
Wo war ich, während wir sangen?
Wen rief ich, wenn ich dich rief?

IV

MEIN Leben ging – Herr Jesus.
Sag mir, Herr Jesus, wohin?
Hast du es kommen sehen?
Bin ich in dir drin?
Bin ich in dir, Herr Jesus?

Denk, so kann es vergehn
mit dem täglichen Schalle.
Am Ende leugnen es alle,
keiner hat es gesehn.
War es das meine, Herr Jesus?

War es wirklich das meine,
Herr Jesus, bist du gewiß?
Ist nicht eine wie eine,
wenn nicht irgend ein Biß
eine Schramme zurückläßt, Herr Jesus?

Kann es nicht sein, daß mein
Leben gar nicht dabei ist?
Daß es wo liegt und entzwei ist,
und der Regen regnet hinein
und steht drin und friert drin, Herr Jesus?

GEBET FÜR DIE IRREN UND STRÄFLINGE

IHR, von denen das Sein
leise sein großes Gesicht

wegwandte: ein
vielleicht Seiender spricht

draußen in der Freiheit
langsam bei Nacht ein Gebet:
daß euch die Zeit vergeht;
denn ihr habt Zeit.

Wenn es euch jetzt gedenkt,
greift euch zärtlich durchs Haar:
alles ist weggeschenkt,
alles was war.

O daß ihr stille bliebt,
wenn euch das Herz verjährt;
daß keine Mutter erfährt,
daß es das giebt.

Oben hob sich der Mond,
wo sich die Zweige entzwein,
und wie von euch bewohnt
bleibt er allein.

STÄDTISCHE SOMMERNACHT

UNTEN macht sich aller Abend grauer,
und das ist schon Nacht, was da als lauer
Lappen sich um die Laternen hängt.
Aber höher, plötzlich ungenauer,

wird die leere leichte Feuermauer
eines Hinterhauses in die Schauer
einer Nacht hinaufgedrängt,
welche Vollmond hat und nichts als Mond.

Und dann gleitet oben eine Weite
weiter, welche heil ist und geschont,
und die Fenster an der ganzen Seite
werden weiß und unbewohnt.

ENDYMION

IN ihm ist Jagd noch. Durch sein Geäder
bricht wie durch Gebüsche das Tier.
Täler bilden sich, waldige Bäder
spiegeln die Hindin, und hinter ihr

hurtigt das Blut des geschlossenen Schläfers,
von des traumig wirren Gewäfers
jähem Wiederzergehn gequält.
Aber die Göttin, die, nievermählt,

Jünglingin über den Nächten der Zeiten
hingeht, die sich selber ergänzte
in den Himmeln und keinen betraf,

neigte sich leise zu seinen Seiten,
und von ihren Schultern erglänzte
plötzlich seine Schale aus Schlaf.

⟨LIED⟩

Du, der ichs nicht sage, daß ich bei Nacht
weinend liege,
deren Wesen mich müde macht
wie eine Wiege.
Du, die mir nicht sagt, wenn sie wacht
meinetwillen:
wie, wenn wir diese Pracht
ohne zu stillen
in uns ertrügen?

– – – – – –

Sieh dir die Liebenden an,
wenn erst das Bekennen begann,
wie bald sie lügen.

– – – – – –

Du machst mich allein. Dich einzig kann ich
                              vertauschen.
Eine Weile bist dus, dann wieder ist es das
oder es ist ein Duft ohne Rest.   [Rauschen,
Ach, in den Armen hab ich sie alle verloren,
du nur, du wirst immer wieder geboren:
weil ich niemals dich anhielt, halt ich dich fest.

⟨Aus den *Aufzeichnungen des Malte Laurids Brigge*⟩

MONDNACHT

Weg in den Garten, tief wie ein langes Getränke,
leise im weichen Gezweig ein entgehender Schwung.
Oh und der Mond, der Mond, fast blühen die Bänke
von seiner zögernden Näherung.

Stille, wie drängt sie. Bist du jetzt oben erwacht?
Sternig und fühlend steht dir das Fenster entgegen.
Hände der Winde verlegen
an dein nahes Gesicht die entlegenste Nacht.

JUDITH'S RÜCKKEHR

Schläfer, schwarz ist das Naß noch an meinen Füßen, ungenau. Tau sagen sie. / Ach, daß ich Judith bin, herkomme von ihm, aus dem Zelt aus dem Bett, austriefend sein Haupt, dreifach trunkenes Blut. Weintrunken, trunken vom Räucherwerk, trunken von mir – und jetzt nüchtern wie Tau. / Niedrig gehaltenes Haupt über dem Morgengras; ich aber oben auf meinem Gang, ich Erhobene. / Plötzlich leeres Gehirn, abfließende Bilder ins Erdreich; mir aber quillend ins Herz alle Breite der Nach-Tat. / Liebende, die ich bin. / Schrecken trieben in mir alle Wonnen zusamm, an mir sind alle Stellen. / Herz, mein berühmtes Herz, schlag an den Gegenwind:
    wie ich geh, wie ich geh / und schneller die Stimme in mir, meine, die rufen wird, Vogelruf, vor der Not-Stadt.

⟨AN LOU ANDREAS-SALOMÉ⟩

I

Ich hielt mich überoffen, ich vergaß,
daß draußen nicht nur Dinge sind und voll
in sich gewohnte Tiere, deren Aug
aus ihres Lebens Rundung anders nicht
hinausreicht als ein eingerahmtes Bild;
daß ich in mich mit allem immerfort
Blicke hineinriß: Blicke, Meinung, Neugier.
  Wer weiß, es bilden Augen sich im Raum
und wohnen bei. Ach nur zu dir gestürzt,
ist mein Gesicht nicht ausgestellt, verwächst
in dich und setzt sich dunkel
unendlich fort in dein geschütztes Herz.

II

Wie man ein Tuch vor angehäuften Atem,
nein: wie man es an eine Wunde preßt,
aus der das Leben ganz, in einem Zug,
hinauswill, hielt ich dich an mich: ich sah,
du wurdest rot von mir. Wer spricht es aus,
was uns geschah? Wir holten jedes nach,
wozu die Zeit nie war. Ich reifte seltsam
in jedem Antrieb übersprungner Jugend,
und du, Geliebte, hattest irgendeine
wildeste Kindheit über meinem Herzen.

III

Entsinnen ist da nicht genug, es muß
von jenen Augenblicken pures Dasein

auf meinem Grunde sein, ein Niederschlag
der unermeßlich überfüllten Lösung.
Denn ich *gedenke* nicht, das, was ich *bin*
rührt mich um deinetwillen. Ich erfinde
dich nicht an traurig ausgekühlten Stellen,
von wo du wegkamst; selbst, daß du nicht da bist,
ist warm von dir und wirklicher und mehr
als ein Entbehren. Sehnsucht geht zu oft
ins Ungenaue. Warum soll ich mich
auswerfen, während mir vielleicht dein Einfluß
leicht ist, wie Mondschein einem Platz am Fenster.

SOLL ich noch einmal Frühling haben, noch einmal
dieses Erdreichs nahe gesicherte Zukunft
nehmen wie eigenes Los? O reineres Schicksal

Anfänge und Fragmente aus dem Umkreis der Elegien

ERSCHEINUNG

WAS, heute, drängt dich zurück
in den unruhig wehenden Garten,
durch den ein Schauer von Sonne
eben noch hinlief? Sieh,
wie das Grün hinter ihm sich verernstigt.
Komm! Daß ich könnte wie du
absehn vom Gewichte der Bäume.

(Bräche einer von diesen über den Weg,
schon müßte man Männer
rufen, um ihn zu heben. Was ist
so schwer in der Welt?)
Die vielen Stufen aus Stein
kamst du lauter herab: ich vernahm dich.
Hier wieder klingst du nicht an.
Ich bin allein im Gehör
mit mir, mit dem Wind... Plötzlich
eine Nachtigall türmt
im geschützten Gebüsch.
Horch, in der Luft, wie es steht,
verfallen oder nicht fertig. Du,
hörst du's mit mir, du –
oder beschäftigt auch jetzt dich die andre
Seite der Stimme, die sich uns abkehrt?

. . . .

WEN aber des Leidens je der Eifer ergriff, wie wenig
wüßte der noch aus gelassener Zeit sich das Seine
sicher zu greifen? Er, dem ein Gott
zuschneidet die Stücke der Mahlzeit,
die ihn zehrend ernährt. Er leide, er habe

Anfänge und Fragmente aus dem Umkreis der Elegien

PERLEN entrollen. Weh, riß eine der Schnüre?
Aber was hülf es, reih ich sie wieder: du fehlst mir,
starke Schließe, die sie verhielte, Geliebte.

War es nicht Zeit? Wie der Vormorgen den Aufgang,
wart ich dich an, blaß von geleisteter Nacht;
wie ein volles Theater, bild ich ein großes Gesicht,
daß deines hohen mittleren Auftritts
nichts mir entginge. O wie ein Golf hofft ins Offne
und vom gestreckten Leuchtturm
scheinende Räume wirft; wie ein Flußbett der Wüste,
daß es vom reinen Gebirg bestürze, noch himmlisch,
      der Regen, –
wie der Gefangne, aufrecht, die Antwort des einen
Sternes ersehnt, herein in sein schuldloses Fenster;
wie einer die warmen
Krücken sich wegreißt, daß man sie hin an den Altar
hänge, und daliegt und ohne Wunder nicht aufkann:
siehe, so wälz ich, wenn du nicht kommst, mich zu Ende.

Dich nur begehr ich. Muß nicht die Spalte im Pflaster,
wenn sie, armsälig, Grasdrang verspürt: muß sie
      den ganzen
Frühling nicht wollen? Siehe, den Frühling der Erde.
Braucht nicht der Mond, damit sich sein Abbild im
      Dorfteich
fände, des fremden Gestirns große Erscheinung?
      Wie kann
das Geringste geschehn, wenn nicht die Fülle der Zukunft,
alle vollzählige Zeit, sich uns entgegenbewegt?

Bist du nicht endlich in ihr, Unsägliche? Noch
                                  eine Weile,
und ich besteh dich nicht mehr. Ich altere oder dahin
bin ich von Kindern verdrängt...

ACH, da wir Hülfe von Menschen erharrten: stiegen
Engel lautlos mit einem Schritte hinüber
über das liegende Herz

⟨MANDELBÄUME IN BLÜTE⟩

> *Die Mandelbäume in Blüte: alles, was wir*
> *hier leisten können, ist, sich ohne Rest er-*
> *kennen in der irdischen Erscheinung.*

UN ENDLICH staun ich euch an, ihr Seligen, euer
                                    Benehmen,
wie ihr die schwindliche Zier traget in ewigem Sinn.
Ach wers verstünde zu blühn: dem wär das Herz
                                      über alle
schwachen Gefahren hinaus und in der großen getrost.

DIE SPANISCHE TRILOGIE

⟨I⟩

AUS dieser Wolke, siehe: die den Stern
so wild verdeckt, der eben war – (und mir),
aus diesem Bergland drüben, das jetzt Nacht,

Nachtwinde hat für eine Zeit – (und mir),
aus diesem Fluß im Talgrund, der den Schein
zerrissner Himmels-Lichtung fängt – (und mir);
aus mir und alledem ein einzig Ding
zu machen, Herr: aus mir und dem Gefühl,
mit dem die Herde, eingekehrt im Pferch,
das große dunkle Nichtmehrsein der Welt
ausatmend hinnimmt –, mir und jedem Licht
im Finstersein der vielen Häuser, Herr:
ein Ding zu machen; aus den Fremden, denn
nicht Einen kenn ich, Herr, und mir und mir
ein Ding zu machen; aus den Schlafenden,
den fremden alten Männern im Hospiz,
die wichtig in den Betten husten, aus
schlaftrunknen Kindern an so fremder Brust,
aus vielen Ungenaun und immer mir,
aus nichts als mir und dem, was ich nicht kenn,
das Ding zu machen, Herr Herr Herr, das Ding,
das welthaft-irdisch wie ein Meteor
in seiner Schwere nur die Summe Flugs
zusammennimmt: nichts wiegend als die Ankunft.

⟨II⟩

WARUM muß einer gehn und fremde Dinge
so auf sich nehmen, wie vielleicht der Träger
den fremdlings mehr und mehr gefüllten Marktkorb
von Stand zu Stand hebt und beladen nachgeht
und kann nicht sagen: Herr, wozu das Gastmahl?

Warum muß einer dastehn wie ein Hirt,
so ausgesetzt dem Übermaß von Einfluß,
beteiligt so an diesem Raum voll Vorgang,
daß er gelehnt an einen Baum der Landschaft
sein Schicksal hätte, ohne mehr zu handeln.
Und hat doch nicht im viel zu großen Blick
die stille Milderung der Herde. Hat
nichts als Welt, hat Welt in jedem Aufschaun,
in jeder Neigung Welt. Ihm dringt, was andern
gerne gehört, unwirtlich wie Musik
und blind ins Blut und wandelt sich vorüber.

Da steht er nächtens auf und hat den Ruf
des Vogels draußen schon in seinem Dasein
und fühlt sich kühn, weil er die ganzen Sterne
in sein Gesicht nimmt, schwer –, o nicht wie einer,
der der Geliebten diese Nacht bereitet
und sie verwöhnt mit den gefühlten Himmeln.

⟨III⟩

Dass mir doch, wenn ich wieder der Städte Gedräng
und verwickelten Lärmknäul und die
Wirrsal des Fahrzeugs um mich habe, einzeln,
daß mir doch über das dichte Getrieb
Himmel erinnerte und der erdige Bergrand,
den von drüben heimwärts die Herde betrat.
Steinig sei mir zu Mut
und das Tagwerk des Hirten scheine mir möglich,
wie er einhergeht und bräunt und mit messendem Steinwurf

seine Herde besäumt, wo sie sich ausfranst.
Langsamen Schrittes, nicht leicht, nachdenklichen
         Körpers,
aber im Stehn ist er herrlich. Noch immer dürfte ein Gott
heimlich in diese Gestalt und würde nicht minder.
Abwechselnd weilt er und zieht, wie selber der Tag,
und Schatten der Wolken
durchgehn ihn, als dächte der Raum
langsam Gedanken für ihn.

Sei er wer immer für euch. Wie das wehende Nachtlicht
in den Mantel der Lampe stell ich mich innen in ihn.
Ein Schein wird ruhig. Der Tod
fände sich reiner zurecht.

HIMMELFAHRT MARIAE

⟨I⟩

KÖSTLICHE, o Öl, das oben will,
blauer Rauchrand aus dem Räucherkorbe,
grad-hinan vertönende Theorbe,
Milch des Irdischen, entquill,

still die Himmel, die noch klein sind, nähre
das dir anruht, das verweinte Reich:
Goldgewordne wie die hohe Ähre,
Reingewordne wie das Bild im Teich.

Wie wir nächtens, daß die Brunnen gehen,
hören im vereinsamten Gehör:
bist du, Steigende, in unserm Sehen
ganz allein. Wie in ein Nadelöhr

will mein langer Blick in dir sich fassen,
eh du diesem Sichtlichen entfliehst, –
daß du ihn, wenn auch ganz weiß gelassen,
durch die farbenechten Himmel ziehst.

⟨II⟩

NICHT nur aus dem Schaun der Jünger, welchen
deines Kleides leichte Wehmut bleibt:
ach, du nimmst dich aus den Blumenkelchen,
aus dem Vogel, der den Flug beschreibt;

aus dem vollen Offensein der Kinder,
aus dem Euter und dem Kaun der Kuh –;
alles wird um eine Milde minder,
nur die Himmel innen nehmen zu.

Hingerissne Frucht aus unserm Grunde,
Beere, die du voller Süße stehst,
laß uns fühlen, wie du in dem Munde
der entzückten Seligkeit zergehst.

Denn wir bleiben, wo du fortkamst. Jede
Stelle unten will getröstet sein.
Neig uns Gnade, stärk uns wie mit Wein.
Denn vom Einsehn ist da nicht die Rede.

AN DEN ENGEL

Starker, stiller, an den Rand gestellter
Leuchter: oben wird die Nacht genau.
Wir ver-geben uns in unerhellter
Zögerung an deinem Unterbau.

Unser ist: den Ausgang nicht zu wissen
aus dem drinnen irrlichen Bezirk,
du erscheinst auf unsern Hindernissen
und beglühst sie wie ein Hochgebirg.

Deine Lust ist *über* unserm Reiche,
und wir fassen kaum den Niederschlag;
wie die reine Nacht der Frühlingsgleiche
stehst du teilend zwischen Tag und Tag.

Wer vermöchte je dir einzuflößen
von der Mischung, die uns heimlich trübt?
Du hast Herrlichkeit von allen Größen,
und wir sind am Kleinlichsten geübt.

Wenn wir weinen, sind wir nichts als rührend,
wo wir anschaun sind wir höchstens wach;
unser Lächeln ist nicht weit verführend,
und verführt es selbst, wer geht ihm nach?

Irgendeiner.   Engel, klag ich, klag ich?
Doch wie wäre denn die Klage mein?
Ach, ich schreie, mit zwei Hölzern schlag ich
und ich meine nicht, gehört zu sein.

Daß ich lärme, wird an dir nicht lauter,
wenn du mich nicht fühltest, weil ich *bin*.
Leuchte, leuchte! Mach mich angeschauter
bei den Sternen. Denn ich schwinde hin.

AUFERWECKUNG DES LAZARUS

Also, das tat not für den und den,
weil sie Zeichen brauchten, welche schrieen.
Doch er träumte, Marthen und Marieen
müßte es genügen, einzusehn,
daß er *könne*. Aber keiner glaubte,
alle sprachen: Herr, was kommst du *nun*?
Und da ging er hin, das Unerlaubte
an der ruhigen Natur zu tun.
Zürnender. Die Augen fast geschlossen,
fragte er sie nach dem Grab. Er litt.
Ihnen schien es, seine Tränen flossen,
und sie drängten voller Neugier mit.
Noch im Gehen wars ihm ungeheuer,
ein entsetzlich spielender Versuch,
aber plötzlich brach ein hohes Feuer
in ihm aus, ein solcher Widerspruch
gegen alle ihre Unterschiede,
ihr Gestorben-, ihr Lebendigsein,
daß er Feindschaft war in jedem Gliede,
als er heiser angab: Hebt den Stein!
Eine Stimme rief, daß er schon stinke,
(denn er lag den vierten Tag) – doch Er

stand gestrafft, ganz voll von jenem Winke,
welcher stieg in ihm und schwer, sehr schwer
ihm die Hand hob – (niemals hob sich eine
langsamer als diese Hand und mehr)
bis sie dastand, scheinend in der Luft;
und dort oben zog sie sich zur Kralle:
denn ihn graute jetzt, es möchten alle
Toten durch die angesaugte Gruft
wiederkommen, wo es sich herauf
raffte, larvig, aus der graden Lage – –
doch dann stand nur Eines schief im Tage,
und man sah: das ungenaue vage
Leben nahm es wieder mit in Kauf.

DER GEIST ARIEL
(Nach der Lesung von Shakespeares Sturm)

MAN hat ihn einmal irgendwo befreit
mit jenem Ruck, mit dem man sich als Jüngling
ans Große hinriß, weg von jeder Rücksicht.
Da ward er willens, sieh: und seither dient er,
nach jeder Tat gefaßt auf seine Freiheit.
Und halb sehr herrisch, halb beinah verschämt,
bringt mans ihm vor, daß man für dies und dies
ihn weiter brauche, ach, und muß es sagen,
was man ihm half. Und dennoch fühlt man selbst,
wie alles das, was man mit ihm zurückhält,
fehlt in der Luft. Verführend fast und süß:
ihn hinzulassen –, um dann, nicht mehr zaubernd,

ins Schicksal eingelassen wie die andern,
zu wissen, daß sich seine leichte Freundschaft,
jetzt ohne Spannung, nirgends mehr verpflichtet,
ein Überschuß zu dieses Atmens Raum,
gedankenlos im Element beschäftigt.
Abhängig fürder, länger nicht begabt,
den dumpfen Mund zu jenem Ruf zu formen,
auf den er stürzte. Machtlos, alternd, arm
und doch *ihn* atmend wie unfaßlich weit
verteilten Duft, der erst das Unsichtbare
vollzählig macht. Auflächelnd, daß man dem
so winken durfte, in so großen Umgang
so leicht gewöhnt. Aufweinend vielleicht auch,
wenn man bedenkt, wie's einen liebte und
fortwollte, beides, immer ganz in Einem.

(Ließ ich es schon? Nun schreckt mich dieser Mann,
der wieder Herzog wird. Wie er sich sanft
den Draht ins Haupt zieht und sich zu den andern
Figuren hängt und künftighin das Spiel
um Milde bittet.... Welcher Epilog
vollbrachter Herrschaft. Abtun, bloßes Dastehn
mit nichts als eigner Kraft: »und das ist wenig.«)

Wird mir nicht Nächstes? Soll ich nur noch verweilen?
(Öfter mein Weinen zerstörts und mein
                              Lächeln verzerrts),
aber manchmal erkenn ich im Scheine der heilen

Flamme vertraulich mein inneres Herz.
Jenes, das einst so innigen Frühling geleistet,
ob sie es gleich in die Keller des Lebens verbracht.
O wie war es sofort zu dem größesten Gange erdreistet,
stieg und verstand wie ein Stern die gewordene Nacht.

So angestrengt wider die starke Nacht
werfen sie ihre Stimmen ins Gelächter,
das schlecht verbrennt. O aufgelehnte Welt
voll Weigerung. Und atmet doch den Raum,
in dem die Sterne gehen. Siehe, dies
bedürfte nicht und könnte, der Entfernung
fremd hingegeben, in dem Übermaß
von Fernen sich ergehen, fort von uns.
Und nun geruhts und reicht uns ans Gesicht
wie der Geliebten Aufblick; schlägt sich auf
uns gegenüber und zerstreut vielleicht
an uns sein Dasein. Und wir sinds nicht wert.
Vielleicht entziehts den Engeln etwas Kraft,
daß nach uns her der Sternenhimmel nachgiebt
und uns hereinhängt ins getrübte Schicksal.
Umsonst. Denn wer gewahrts? Und wo es einer
gewärtig wird: wer darf noch an den Nacht-Raum
die Stirne lehnen wie ans eigne Fenster?
Wer hat dies nicht verleugnet? Wer hat nicht
in dieses eingeborne Element
gefälschte, schlechte, nachgemachte Nächte
hereingeschleppt und sich daran begnügt?

Wir lassen Götter stehn um gohren Abfall,
denn Götter locken nicht. Sie haben Dasein
und nichts als Dasein, Überfluß von Dasein,
doch nicht Geruch, nicht Wink. Nichts ist so stumm
wie eines Gottes Mund. Schön wie ein Schwan
auf seiner Ewigkeit grundlosen Fläche:
so zieht der Gott und taucht und schont sein Weiß.

Alles verführt. Der kleine Vogel selbst
tut Zwang an uns aus seinem reinen Laubwerk,
die Blume hat nicht Raum und drängt herüber;
was will der Wind nicht alles? Nur der Gott,
wie eine Säule, läßt vorbei, verteilend
hoch oben, wo er trägt, nach beiden Seiten
die leichte Wölbung seines Gleichmuts.

UNWISSEND vor dem Himmel meines Lebens,
anstaunend steh ich. O die großen Sterne.
Aufgehendes und Niederstieg. Wie still.
Als wär ich nicht. Nehm ich denn Teil? Entriet ich
dem reinen Einfluß? Wechselt Flut und Ebbe
in meinem Blut nach dieser Ordnung? Abtun
will ich die Wünsche, jeden andern Anschluß,
mein Herz gewöhnen an sein Fernstes. Besser
es lebt im Schrecken seiner Sterne, als
zum Schein beschützt, von einer Näh beschwichtigt.

Anfänge und Fragmente aus dem Umkreis der Elegien

WAS, was könnte dein Lächeln mir,
                    was mir die Nacht nicht
gäbe, aufdrängen

Anfänge und Fragmente aus dem Umkreis der Elegien

ÜBERFLIESSENDE Himmel verschwendeter Sterne
prachten über der Kümmernis. Statt in die Kissen,
weine hinauf. Hier, an dem weinenden schon,
an dem endenden Antlitz,
um sich greifend, beginnt der hin-
reißende Weltraum. Wer unterbricht,
wenn du dort hin drängst,
die Strömung? Keiner. Es sei denn,
daß du plötzlich ringst mit der gewaltigen Richtung
jener Gestirne nach dir. Atme.
Atme das Dunkel der Erde und wieder
aufschau! Wieder. Leicht und gesichtslos
lehnt sich von oben Tiefe dir an. Das gelöste
nachtenthaltne Gesicht giebt dem deinigen Raum.

Aus den Gedichten an die Nacht

AUS EINEM FRÜHLING
(Paris)

O ALLE diese Toten des April,
der Fuhren Schwärze, die sie weiterbringen
durch das erregte übertriebene Licht:

als lehnte sich noch einmal das Gewicht
gegen zuviel Leichtwerden in den Dingen
mürrischer auf.... Da aber gehen schon,
die gestern noch die Kinderschürzen hatten,
erstaunt erwachsen zur Konfirmation;
ihr Weiß ist eifrig wie vor Gottes Thron
und mildert sich im ersten Ulmenschatten.

EMMAUS

NOCH nicht im Gehn, obwohl er seltsam sicher
zu ihnen trat, für ihren Gang bereit;
und ob er gleich die Schwelle feierlicher
hinüberschritt als sie die Männlichkeit;
noch nicht, da man sich um den Tisch verteilte,
beschämlich niederstellend das und dies,
und er, wie duldend, seine unbeeilte
Zuschauerschaft auf ihnen ruhen ließ;
selbst nicht, da man sich setzte, willens nun,
sich gastlich an einander zu gewöhnen,
und er das Brot ergriff, mit seinen schönen
zögernden Händen, um jetzt das zu tun,
was jene, wie den Schrecken einer Menge,
durchstürzte mit unendlichem Bezug –
da endlich, sehender, wie er die Enge
der Mahlzeit gebend auseinanderschlug:
erkannten sie. Und, zitternd hochgerissen,
standen sie krumm und hatten bange lieb.
Dann, als sie sahen, wie er gebend blieb,
langten sie bebend nach den beiden Bissen.

NARZISS

Narziss verging. Von seiner Schönheit hob
sich unaufhörlich seines Wesens Nähe,
verdichtet wie der Duft vom Heliotrop.
Ihm aber war gesetzt, daß er sich sähe.

Er liebte, was ihm ausging, wieder ein
und war nicht mehr im offnen Wind enthalten
und schloß entzückt den Umkreis der Gestalten
und hob sich auf und konnte nicht mehr sein.

NARZISS

Dies also: dies geht von mir aus und löst
sich in der Luft und im Gefühl der Haine,
entweicht mir leicht und wird nicht mehr das Meine
und glänzt, weil es auf keine Feindschaft stößt.

Dies hebt sich unaufhörlich von mir fort,
ich will nicht weg, ich warte, ich verweile;
doch alle meine Grenzen haben Eile,
stürzen hinaus und sind schon dort.

Und selbst im Schlaf. Nichts bindet uns genug.
Nachgiebige Mitte in mir, Kern voll Schwäche,
der nicht sein Fruchtfleisch anhält. Flucht, o Flug
von allen Stellen meiner Oberfläche.

Was sich dort bildet und mir sicher gleicht
und aufwärts zittert in verweinten Zeichen,
das mochte so in einer Frau vielleicht
innen entstehn; es war nicht zu erreichen,

wie ich danach auch drängend in sie rang.
Jetzt liegt es offen in dem teilnahmslosen
zerstreuten Wasser, und ich darf es lang
anstaunen unter meinem Kranz von Rosen.

Dort ist es nicht geliebt. Dort unten drin
ist nichts, als Gleichmut überstürzter Steine,
und ich kann sehen, wie ich traurig bin.
War dies mein Bild in ihrem Augenscheine?

Hob es sich so in ihrem Traum herbei
zu süßer Furcht? Fast fühl ich schon die ihre.
Denn, wie ich mich in meinem Blick verliere:
ich könnte denken, daß ich tödlich sei.

CHRISTI HÖLLENFAHRT

Endlich verlitten, entging sein Wesen dem
Leibe der Leiden. Oben. Ließ ihn.   [schrecklichen
Und die Finsternis fürchtete sich allein
und warf an das Bleiche
Fledermäuse heran, – immer noch schwankt abends
in ihrem Flattern die Angst vor dem Anprall
an die erkaltete Qual. Dunkle ruhlose Luft

entmutigte sich an dem Leichnam; und in den starken
wachsamen Tieren der Nacht war Dumpfheit
                              und Unlust.
Sein entlassener Geist gedachte vielleicht in
                              der Landschaft
anzustehen, unhandelnd. Denn seiner Leidung Ereignis
war noch genug. Maßvoll
schien ihm der Dinge nächtliches Dastehn,
und wie ein trauriger Raum griff er darüber um sich.
Aber die Erde, vertrocknet im Durst seiner Wunden,
aber die Erde riß auf, und es rufte im Abgrund.
Er, Kenner der Martern, hörte die Hölle
herheulend, begehrend Bewußtsein
seiner vollendeten Not: daß über dem Ende der seinen
(unendlichen) ihre, währende Pein erschrecke, ahne.
Und er stürzte, der Geist, mit der völligen Schwere
seiner Erschöpfung herein: schritt als ein Eilender
durch das befremdete Nachschaun weidender Schatten,
hob zu Adam den Aufblick, eilig,
eilte hinab, schwand, schien und verging in dem Stürzen
wilderer Tiefen. Plötzlich (höher höher) über der Mitte
aufschäumender Schreie, auf dem langen
Turm seines Duldens trat er hervor: ohne Atem,
stand, ohne Geländer, Eigentümer der Schmerzen.
                                        Schwieg.

SANKT CHRISTOFFERUS

Die große Kraft will für den Größten sein.
Nun hoffte er, ihm endlich hier zu dienen

an dieses Flusses Furt; er kam von zwein
berühmten Herren, die ihm klein erschienen,
und ließ sich dringend mit dem dritten ein:

den er nicht kannte; den er durch Gebet
und Fastenzeiten nicht auf sich genommen,
doch der im Ruf steht, jedem nachzukommen
der alles läßt und für ihn geht.

So trat er täglich durch den vollen Fluß –
Ahnherr der Brücken, welche steinern schreiten, –
und war erfahren auf den beiden Seiten
und fühlte jeden, der hinüber muß.

Und ruhte nachts in dem geringen Haus,
gefaßt zu handeln, jeder Stimme inne,
und atmete die Mühe mächtig aus,
genießend das Geräumige seiner Sinne.

Dann rief es einmal, dünn und hoch: ein Kind.
Er hob sich groß, daß er es überführe;
doch wissend, wie die Kinder ängstlich sind,
trat er ganz eingeschränkt aus seiner Türe
und bückte sich –: und draußen war Nachtwind.

Er murmelte: Was sollte auch ein Kind...?
nahm sich zurück mit einem großen Schritte
und lag in Frieden und entschlief geschwind.
Aber da war es wieder, voller Bitte.
Er spähte wieder –: draußen war Nachtwind.

Da ist doch keiner, oder bin ich blind?
warf er sich vor und ging noch einmal schlafen,
bis ihn dieselben Laute zwingend lind
noch einmal im verdeckten Innern trafen:
Er kam gewaltig:
                draußen war ein Kind.

DIE TAUBEN

O WEICHE graue Dämmerung am Bug,
wie Sinne, die bei Ampelschein vergehen,
und diese Röte durch den Rauch gesehen,
der aus gedämpften Liebes-Opfern schlug.

Gestillte Form der angefüllten Spende,
flach aufgeschlagnen Händen angepaßt;
volles Gefäß bis an der Schultern Wende,
von da an Blick und Biegung und Kontrast.

Am Hals gezeichnet mit der Fingerspur
gewohnten Griffs, mit dem die Priester packen,
doch gleich daneben, im schutzlosen Nacken,
beruhigt, wie durch göttliche Natur.

BESTÜRZ mich, Musik, mit rhythmischem Zürnen!
Hoher Vorwurf, dicht vor dem Herzen erhoben,
das nicht so wogend empfand, das sich schonte.
              Mein Herz: *da:*

sieh deine Herrlichkeit. Hast du fast immer Genüge,
minder zu schwingen? Aber die Wölbungen warten,
die obersten, daß du sie füllst mit orgelndem Andrang.
Was ersehnst du der fremden Geliebten verhaltenes
                            Antlitz? –
Hat deine Sehnsucht nicht Atem, aus der Posaune
                            des Engels,
der das Weltgericht anbricht, tönende Stürme zu stoßen:
oh, so *ist* sie auch nicht, nirgends, wird nicht geboren,
die du verdorrend entbehrst...

    Ich bins, Nachtigall, ich, den du singst,
    hier, mir im Herzen, wird diese Stimme Gewalt,
    nicht länger vermeidlich

    Anfänge und Fragmente aus dem Umkreis der Elegien

        Hinter den schuld-losen Bäumen
        langsam bildet die alte Verhängnis
        ihr stummes Gesicht aus.
        Falten ziehen dorthin...
        Was ein Vogel hier aufkreischt,
        springt dort als Weh-Zug
        ab an dem harten Wahrsagermund.

        O und die bald Liebenden
        lächeln sich an, noch abschiedslos,

unter und auf über ihnen geht
sternbildhaft ihr Schicksal,
nächtig begeistert.
Noch zu erleben nicht reicht es sich ihnen,
noch wohnt es
schwebend im himmlischen Gang,
eine leichte Figur.

WITWE

DIE Kinder stehn ihr leer, des ersten Laubs beraubt,
und scheinen einem Schrecken abzustammen,
dem sie gefiel. Sie griff sich mit den klammen
zehrenden Händen Höhlen in das Haupt.
Wär sie ein Stein im Freien, flösse dort zusammen
der große Regen, reiner als man glaubt,
und Vögel tränken... O Natur,
was hast du diese Mulden übersprungen
und sammelst den Geschöpfen Linderungen
in einer unvernünftigen Figur?

WINTERLICHE STANZEN

NUN sollen wir versagte Tage lange
ertragen in des Widerstandes Rinde;
uns immer wehrend, nimmer an der Wange
das Tiefe fühlend aufgetaner Winde.
Die Nacht ist stark, doch von so fernem Gange,

die schwache Lampe überredet linde.
Laß dichs getrösten: Frost und Harsch bereiten
die Spannung künftiger Empfänglichkeiten.

Hast du denn ganz die Rosen ausempfunden
vergangnen Sommers? Fühle, überlege:
das Ausgeruhte reiner Morgenstunden,
den leichten Gang in spinnverwebte Wege?
Stürz in dich nieder, rüttele, errege
die liebe Lust: sie ist in dich verschwunden.
Und wenn du eins gewahrst, das dir entgangen,
sei froh, es ganz von vorne anzufangen.

Vielleicht ein Glanz von Tauben, welche kreisten,
ein Vogelanklang, halb wie ein Verdacht,
ein Blumenblick (man übersieht die meisten),
ein duftendes Vermuten vor der Nacht.
Natur ist göttlich voll; wer kann sie leisten,
wenn ihn ein Gott nicht so natürlich macht.
Denn wer sie innen, wie sie drängt, empfände,
verhielte sich, erfüllt, in seine Hände.

Verhielte sich wie Übermaß und Menge
und hoffte nicht noch Neues zu empfangen,
verhielte sich wie Übermaß und Menge
und meinte nicht, es sei ihm was entgangen,
verhielte sich wie Übermaß und Menge
mit maßlos übertroffenem Verlangen
und staunte nur noch, daß er dies ertrüge:
die schwankende, gewaltige Genüge.

⟨URSPRÜNGLICHE FASSUNG
DER ZEHNTEN DUINESER ELEGIE⟩
⟨Fragmentarisch⟩

Dass ich dereinst, an dem Ausgang der grimmigen
                              Einsicht
Jubel und Ruhm aufsinge zustimmenden Engeln.
Daß von den klar geschlagenen Hämmern des Herzens
keiner versage an weichen, zweifelnden oder
jähzornigen Saiten. Daß mich mein strömendes Antlitz
glänzender mache; daß das unscheinbare Weinen
blühe. O wie werdet ihr dann, Nächte, mir lieb sein,
gehärmte. Daß ich euch knieender nicht, untröstliche
hinnahm, nicht in euer gelöstes   [Schwestern,
Haar mich gelöster ergab. Wir Vergeuder der Schmerzen.
Wie wir sie absehn voraus in die traurige Dauer,
ob sie nicht enden vielleicht. Sie aber sind ja
Zeiten von uns, unser winter-
währiges Laubwerk, Wiesen, Teiche, angeborene
                              Landschaft,
von Geschöpfen im Schilf und von Vögeln bewohnt.

Oben, der hohen, steht nicht die Hälfte der Himmel
über der Wehmut in uns, der bemühten Natur?
Denk, du betrátest nicht mehr dein verwildertes
                              Leidtum,
sähest die Sterne nicht mehr durch das herbere Blättern
schwärzlichen Schmerzlaubs, und die Trümmer von
                              Schicksal
böte dir höher nicht mehr der vergrößernde Mondschein,

daß du an ihnen dich fühlst wie ein einstiges Volk?
Lächeln auch wäre nicht mehr, das zehrende derer,
die du hinüberverlorest –, so wenig gewaltsam,
eben an dir nur vorbei, traten sie rein in dein Leid.
(Fast wie das Mädchen, das grade dem Freier sich
                              zusprach,
der sie seit Wochen bedrängt, und sie bringt ihn
                              erschrocken
an das Gitter des Gartens, den Mann, der frohlockt
                              und ungern
fortgeht: da stört sie ein Schritt in dem neueren Abschied,
und sie wartet und steht und da trifft ihr vollzähliges
                              Aufschaun
ganz in das Aufschaun des Fremden, das Aufschaun der
                              Jungfrau,
die ihn unendlich begreift, den draußen, der ihr
                              bestimmt war,
draußen den wandernden Andern, der ihr ewig
                              bestimmt war.
Hallend geht er vorbei.) So immer verlorst du;
als ein Besitzender nicht: wie sterbend einer,
vorgebeugt in die feucht herwehende Märznacht,
ach, den Frühling verliert in die Kehlen der Vögel.

Viel zu weit gehörst du in's Leiden. Vergäßest
du die geringste der maßlos erschmerzten Gestalten,
riefst du, schrieest, hoffend auf frühere Neugier,
einen der Engel herbei, der mühsam verdunkelten
leidunmächtig, immer wieder versuchend, [Ausdrucks
dir dein Schluchzen damals, um jene, beschriebe.

Engel wie wars? Und er ahmte dir nach und verstünde
nicht daß es Schmerz sei, wie man dem rufenden Vogel
nachformt, die ihn erfüllt, die schuldlose Stimme.

Ist Schmerz, sobald an eine neue Schicht
die Pflugschar reicht, die sicher eingesetzte,
ist Schmerz nicht gut? Und welches ist der letzte,
der uns in allen Schmerzen unterbricht?

Wieviel ist aufzuleiden. Wann war Zeit,
das andre, leichtere Gefühl zu leisten?
Und doch erkenn ich, besser als die meisten
einst Auferstehenden, die Seligkeit.

Aus den Gedichten an die Nacht

Ob ich damals war oder bin: du schreitest
über mich hin, du unendliches Dunkel aus Licht.
Und das Erhabene, das du im Raume bereitest,
nehm ich, Unkenntlicher, an mein flüchtig Gesicht.

Nacht, o erführest du, wie ich dich schaue,
wie mein Wesen zurück im Anlauf weicht,
daß es sich dicht bis zu dir zu werfen getraue;
faß ich es denn, daß die zweimal genommene Braue
über solche Ströme von Aufblick reicht?

Sei es Natur. Sei es nur *eine*
einige kühne Natur: dieses Leben und drüben
jenes gestalte Gestirn, das ich unwissend anweine:
o so will ich mich üben,   gefaßt wie die Steine
zu sein in der reinen Figur.

Aus den Gedichten an die Nacht

Ob ich damals war – oder bin: du schreitest
über mich hin, du unendliches Dunkel aus Licht.
Und das Erhabene, das du im Raume bereitest,
nehm ich, Unkenntlicher, an mein waches Gesicht.

Nacht, o erführest du, wie ich dich schaue,
wie mein Wesen zurück im Anlauf weicht,
daß es sich dicht bis zu dir zu werfen getraue;
faß ich es denn, daß die zweimal genommene Braue
über solche Ströme von Aufblick reicht?

Aus den Gedichten an die Nacht

Gedanken der Nacht, aus geahnter Erfahrung gehoben,
die schon das fragende Kind mit Schweigen durchdrang,
langsam denk ich euch auf –, und oben, oben
nimmt euch der starke Beweis sanft in Empfang.

Daß ihr *seid*, ist bejaht; daß hier, im gedrängten
                                      Behälter,

Nacht, zu den Nächten hinzu, sich heimlich erzeugt.
Plötzlich: mit welchem Gefühl, steht die unendliche,
über die Schwester *in* mir, die ich berge, gebeugt. [älter,

Aus den Gedichten an die Nacht

D ER du mich mit diesen überhöhtest:
Nächten, – ist es nicht, als ob du mir,
Unbegrenzter, mehr Gefühl gebötest,
als ich fühlend fasse? Ach, von hier

sind die Himmel stark, wie voller Leuen,
die wir unbegreiflich überstehn.
Nein, du kennst sie nicht, weil sie sich scheuen
und dir schüchterner entgegengehn.

Aus den Gedichten an die Nacht

DIE GESCHWISTER

I

O WIE haben wir, mit welchem Wimmern,
Augenlid und Schulter uns geherzt.
Und die Nacht verkroch sich in den Zimmern
wie ein wundes Tier, von uns durchschmerzt.

Wardst du mir aus allen auserlesen,
war es an der Schwester nicht genug?
Lieblich wie ein Tal war mir dein Wesen,
und nun beugt es auch vom Himmelsbug

sich in unerschöpflicher Erscheinung
und bemächtigt sich. Wo soll ich hin?
Ach mit der Gebärde der Beweinung
neigst du dich zu mir, Untrösterin.

II

L<small>ASS</small> uns in der dunkeln Süßigkeit
nicht der Tränen Richtung unterscheiden.
Bist du sicher, daß wir Wonnen leiden
oder leuchten von getrunknem Leid?

Meinst du weinend, daß Entbehrung weher
als ein eigenmächtiges Geben sei?
Wenn die Menge einst der Auferstecher
uns entschwistert, und wir, irgend zwei,
bei der jäh enttötenden Fanfare
taumeln aus dem aufgestürzten Stein:
o wie wird dann diese sonderbare
Lust zu dir den Engeln schuldlos sein.

Denn auch sie ist tief im Geiste, siehe:
in dem Strahlenden, der brennt und braust.
Und dann hilfst du mir auf meine Kniee
und dann kniest du neben mir und schaust.

S<small>IEHE</small>, Engel fühlen durch den Raum
ihre unaufhörlichen Gefühle.
Unsre Weißglut wäre ihre Kühle.
Siehe, Engel glühen durch den Raum.

Während uns, die wir nicht anders wissen,
eins sich wehrt und eins umsonst geschieht,
schreiten sie, von Zielen hingerissen,
durch ihr ausgebildetes Gebiet.

Aus den Gedichten an die Nacht

ATMETE ich nicht aus Mitternächten,
daß du kämest einst, um deinetwillen,
solche Flutung?
Weil ich hoffte, mit fast ungeschwächten
Herrlichkeiten dein Gesicht zu stillen,
wenn es in unendlicher Vermutung
einmal gegen meinem über ruht.
Lautlos wurde Raum in meinen Zügen;
deinem großen Aufschaun zu genügen,
spiegelte, vertiefte sich mein Blut.

Wenn mich durch des Ölbaums blasse Trennung
Nacht mit Sternen stärker überwog,
stand ich aufwärts, stand und bog
mich zurück und lernte die Erkennung,
die ich später nie auf dich bezog.

O was ward mir Ausdruck eingesät,
daß ich, wenn dein Lächeln je gerät,
Weltraum auf dich überschaue.
Doch du kommst nicht, oder kommst zu spät.

Stürzt euch, Engel, über dieses blaue
Leinfeld. Engel, Engel, mäht.

Aus den Gedichten an die Nacht

So, nun wird es doch der Engel sein,
der aus meinen Zügen langsam trinkt
der Gesichte aufgeklärten Wein.
Dürstender, wer hat dich hergewinkt?

Daß du dürstest. Dem der Katarakt
Gottes stürzt durch alle Adern. Daß
du noch dürstest. Überlaß
dich dem Durst. (Wie hast du mich gepackt.)

Und ich fühle fließend, wie dein Schaun
trocken war, und bin zu deinem Blute
so geneigt, daß ich die Augenbraun
dir, die reinen, völlig überflute.

Aus den Gedichten an die Nacht

HINWEG, die ich bat,   endlich mein Lächeln zu kosten
(ob es kein köstliches wäre),
unaufhaltsam genaht   hinter den Sternen im Osten
wartet der Engel, daß ich mich kläre.

Daß ihn kein Spähn, keine Spur   euer beschränke,
wenn er die Lichtung betritt;
sei ihm das Leid, das ich litt,   wilde Natur:
er traue der Tränke.

War ich euch grün oder süß,   laßt uns das alles vergessen,
sonst überholt uns die Scham.
Ob ich blüh oder büß,   wird er gelassen ermessen,
den ich nicht lockte, der kam..

Aus den Gedichten an die Nacht

E<small>INMAL</small> nahm ich zwischen meine Hände
dein Gesicht. Der Mond fiel darauf ein.
Unbegreiflichster der Gegenstände
unter überfließendem Gewein.

Wie ein williges, das still besteht,
beinah war es wie ein Ding zu halten.
Und doch war kein Wesen in der kalten
Nacht, das mir unendlicher entgeht.

O da strömen wir zu diesen Stellen,
drängen in die kleine Oberfläche
alle Wellen unsres Herzens,
Lust und Schwäche,
und wem halten wir sie schließlich hin?

Ach dem Fremden, der uns mißverstanden,
ach dem andern, den wir niemals fanden,
denen Knechten, die uns banden,
Frühlingswinden, die damit entschwanden,
und der Stille, der Verliererin.

Aus den Gedichten an die Nacht

O VON Gesicht zu Gesicht
welche Erhebung.
Aus den Schuldigen bricht
Verzicht und Vergebung.

Wehen die Nächte nicht kühl,
herrlich entfernte,
die durch Jahrtausende gehn.
Hebe das Feld von Gefühl.
Plötzlich sehn
Engel die Ernte.

Aus den Gedichten an die Nacht

WENN ich so an deinem Antlitz zehre
wie die Träne an dem Weinenden,
meine Stirne, meinen Mund vermehre
um die Züge, die ich an dir kenn,

. . . .

Aus den Gedichten an die Nacht

DIE GROSSE NACHT

OFT anstaunt ich dich, stand an gestern begonnenem
                    Fenster,
stand und staunte dich an. Noch war mir die neue
Stadt wie verwehrt, und die unüberredete Landschaft
finsterte hin, als wäre ich nicht. Nicht gaben die nächsten
Dinge sich Müh, mir verständlich zu sein. An der Laterne
drängte die Gasse herauf: ich sah, daß sie fremd war.
Drüben – ein Zimmer, mitfühlbar, geklärt in der Lampe –,
schon nahm ich teil; sie empfandens, schlossen die Läden.
Stand. Und dann weinte ein Kind. Ich wußte die Mütter
rings in den Häusern, was sie vermögen –, und wußte
alles Weinens zugleich die untröstlichen Gründe.
Oder es sang eine Stimme und reichte ein Stück weit
aus der Erwartung heraus, oder es hustete unten
voller Vorwurf ein Alter, als ob sein Körper im Recht sei
wider die mildere Welt. Dann schlug eine Stunde –,
aber ich zählte zu spät, sie fiel mir vorüber. –
Wie ein Knabe, ein fremder, wenn man endlich ihn
doch den Ball nicht fängt und keines der Spiele [zuläßt,
kann, die die andern so leicht an einander betreiben,
dasteht und wegschaut, – wohin –?: stand ich
                            und plötzlich,
daß *du* umgehst mit mir, spielest, begriff ich, erwachsene
Nacht, und staunte dich an. Wo die Türme
zürnten, wo abgewendeten Schicksals
eine Stadt mich umstand und nicht zu erratende Berge
wider mich lagen, und im genäherten Umkreis
hungernde Fremdheit umzog das zufällige Flackern

meiner Gefühle –: da war es, du Hohe,
keine Schande für dich, daß du mich kanntest. Dein Atem
ging über mich. Dein auf weite Ernste verteiltes
Lächeln trat in mich ein.

Hinhalten will ich mich. Wirke. Geh über
so weit du vermöchtest. Hast du nicht Hirten das Antlitz
größer geordnet, als selbst in der Fürstinnen Schooß
unaufhörlicher Könige Herkunft und künftige Kühnheit
formten den krönlichen Ausdruck? Wenn die Galionen
in dem staunenden Holz des stillhaltenden Schnitzwerks
Züge empfangen des Meerraums, in den sie stumm
                        drängend hinausstehn:
o, wie sollte ein Fühlender nicht, der *will*,
                        der sich aufreißt,
unnachgiebige Nacht, endlich dir ähnlicher sein.

Aus den Gedichten an die Nacht

ZU DER ZEICHNUNG,
JOHN KEATS IM TODE DARSTELLEND

Nun reicht an's Antlitz dem gestillten Rühmer
die Ferne aus den offnen Horizonten:
so fällt der Schmerz, den wir nicht fassen konnten,
zurück an seinen dunkeln Eigentümer.

Und dies verharrt, so wie es, leidbetrachtend,
sich bildete zum freiesten Gebilde,
noch einen Augenblick, – in neuer Milde
das Werden selbst und den Verfall verachtend.

Gesicht: o wessen? Nicht mehr dieser eben
noch einverstandenen Zusammenhänge.
O Aug, das nicht das schönste mehr erzwänge
der Dinge aus dem abgelehnten Leben.
O Schwelle der Gesänge,
o Jugendmund, für immer aufgegeben.

Und nur die Stirne baut sich etwas dauernd
hinüber aus verflüchtigten Bezügen,
als strafte sie die müden Locken lügen,
die sich an ihr ergeben, zärtlich trauernd.

SEIT den wunderbaren Schöpfungstagen
schläft der Gott: wir sind sein Schlaf,
hingenommen, stumpf von ihm ertragen
unter Sternen, die er übertraf.

Unser Handeln stockt ihm in geballter
schlafner Hand und kann nicht aus der Faust,
und so haben seit dem Helden-Alter
unsre dunklen Herzen ihn durchbraust.

Manchmal rührt er sich von unsrer Qual,
schmerzensähnlich zuckts durch seine Glieder,
aber immer überwiegt ihn wieder
seiner Welten heile Überzahl.

ACH aus eines Engels Fühlung falle
Schein in dieses Meer auf einem Mond,
drin mein Herz, stillringende Koralle,
seine jüngsten Zweigungen bewohnt.

Not, mir von unkenntlichem Verüber
zugefügte, bleibt mir ungewiß,
Strömung zögert, Strömung drängt hinüber,
Tiefe wirkt und Hindernis.

Aus dem starren fühllos Alten drehn
sich Geschöpfe, plötzlich auserlesen,
und das ewig Stumme aller Wesen
überstürzt ein dröhnendes Geschehn.

Aus den Gedichten an die Nacht

HEBEND die Blicke vom Buch, von den nahen
in die vollendete Nacht hinaus: [zählbaren Zeilen,
O wie sich sternegemäß die gedrängten Gefühle
so als bände man auf   [verteilen,
einen Bauernstrauß:

Jugend der leichten und neigendes Schwanken der [schweren
und der zärtlichen zögernder Bug –.
Überall Lust zu Bezug und nirgends Begehren;
Welt zu viel und Erde genug.

Aus den Gedichten an die Nacht

WIE der Abendwind
        durch geschulterte Sensen der Schnitter
geht der Engel lind
        durch die schuldlose Schneide der Leiden.

Hält sich stundenlang
        zur Seite dem finsteren Reiter,
hat denselben Gang
        wie die namenlosen Gefühle.

Steht als Turm am Meer,
        zu dauern unendlich gesonnen;
was du fühlst ist Er,
        im Innern der Härte geschmeidig,

daß im Notgestein
        die gedrängte Druse der Tränen,
lange wasserrein,
        sich entschlösse zu Amethysten.

Du im Voraus
verlorne Geliebte, Nimmergekommene,
nicht weiß ich, welche Töne dir lieb sind.
Nicht mehr versuch ich, dich, wenn das Kommende wogt,
zu erkennen. Alle die großen
Bilder in mir, im Fernen erfahrene Landschaft,
Städte und Türme und Brücken und un-
vermutete Wendung der Wege
und das Gewaltige jener von Göttern
einst durchwachsenen Länder:
steigt zur Bedeutung in mir
deiner, Entgehende, an.

Ach, die Gärten bist du,
ach, ich sah sie mit solcher
Hoffnung. Ein offenes Fenster
im Landhaus –, und du tratest beinahe
mir nachdenklich heran. Gassen fand ich, –
du warst sie gerade gegangen,
und die Spiegel manchmal der Läden der Händler
waren noch schwindlich von dir und gaben erschrocken
mein zu plötzliches Bild. – Wer weiß, ob derselbe
Vogel nicht hinklang durch uns
gestern, einzeln, im Abend?

Waldteich, weicher, in sich eingekehrter –,
draußen ringt das ganze Meer und braust,
aufgeregte Fernen drücken Schwerter

jedem Sturmstoß in die Faust –,
während du aus dunkler unversehrter
Tiefe   Spiele der Libellen schaust.

Was dort jenseits eingebeugter Bäume
Überstürzung ist und Drang und Schwung,
spiegelt sich in deine Innenräume
als verhaltene Verdüsterung;
ungebogen steht um dich der Wald
voll von steigendem Verschweigen.
Oben nur, im Wipfel-Ausblick, zeigen
Wolken sagenhafte Kampfgestalt.

Dann: im teilnahmslosen Zimmer sein,
einer sein, der beides weiß.
O der Kerze kleiner Kreis,
und die Menschennacht bricht ein
und vielleicht ein Schmerz im Körper innen.
Soll ich mich des Sturmmeers jetzt entsinnen
oder Bild des Teichs in mir behüten
oder, weil mir beide gleich entrinnen,
Blüten denken –, jenes Gartens Blüten –?
Ach wer kennt, was in ihm überwiegt.
Mildheit? Schrecken? Blicke, Stimmen, Bücher?
Und das alles nur wie stille Tücher
Schultern einer Kindheit angeschmiegt,
welche schläft in dieses Lebens Wirrn.
Daß mich Eines ganz ergreifen möge.
Schauernd berg ich meine Stirn,
denn ich weiß: die Liebe überwöge.

Wo ist einer, der sie kann?
Wenn ich innig mich zusammenfaßte
vor die unvereinlichsten Kontraste:
weiter kam ich nicht: ich schaute an;
blieb das Angeschaute sich entziehend,
schaut ich unbedingter, schaute knieend,
bis ich es in mich gewann.

Fand es in mir Liebe vor?
Tröstung für das aufgegebne Freie,
wenn es sich aus seiner Weltenreihe
wie mit unterdrücktem Schreie
in den unbekannten Geist verlor?

Hab ich das Errungene gekränkt,
nichts bedenkend, als wie ich mirs finge,
und die großgewohnten Dinge
im gedrängten Herzen eingeschränkt?
Faßt ich sie wie dieses Zimmer mich,
dieses fremde Zimmer mich und meine
Seele faßt?
        O hab ich keine Haine
in der Brust? kein Wehen? keine
Stille, atemleicht und frühlinglich?

Bilder, Zeichen, dringend aufgelesen,
hat es euch, in mir zu sein, gereut? –
. . . .
Oh, ich habe zu der Welt kein Wesen,
wenn sich nicht da draußen die Erscheinung,

wie in leichter vorgefaßter Meinung,
weither heiter in mich freut.

WENDUNG

> *Der Weg von der Innigkeit zur Größe*
> *geht durch das Opfer.*   Kassner

LANGE errang ers im Anschaun.
Sterne brachen ins Knie
unter dem ringenden Aufblick.
Oder er anschaute knieend,
und seines Instands Duft
machte ein Göttliches müd,
daß es ihm lächelte schlafend.

Türme schaute er so,
daß sie erschraken:
wieder sie bauend, hinan, plötzlich, in Einem!
Aber wie oft, die vom Tag
überladene Landschaft
ruhete hin in sein stilles Gewahren, abends.

Tiere traten getrost
in den offenen Blick, weidende,
und die gefangenen Löwen
starrten hinein wie in unbegreifliche Freiheit;
Vögel durchflogen ihn grad,
den gemütigen; Blumen
wiederschauten in ihn
groß wie in Kinder.

Und das Gerücht, daß ein Schauender sei,
rührte die minder,
fraglicher Sichtbaren,
rührte die Frauen.

Schauend wie lang?
Seit wie lange schon innig entbehrend,
flehend im Grunde des Blicks?

Wenn er, ein Wartender, saß in der Fremde; des
zerstreutes, abgewendetes Zimmer   [Gasthofs
mürrisch um sich, und im vermiedenen Spiegel
wieder das Zimmer
und später vom quälenden Bett aus
wieder:
da beriets in der Luft,
unfaßbar beriet es
über sein fühlbares Herz,
über sein durch den schmerzhaft verschütteten
dennoch fühlbares Herz   [Körper
beriet es und richtete:
daß es der Liebe nicht habe.

(Und verwehrte ihm weitere Weihen.)

Denn des Anschauns, siehe, ist eine Grenze.
Und die geschautere Welt
will in der Liebe gedeihn.

Werk des Gesichts ist getan,
tue nun Herz-Werk

an den Bildern in dir, jenen gefangenen; denn du
überwältigtest sie: aber nun kennst du sie nicht.
Siehe, innerer Mann, dein inneres Mädchen,
dieses errungene aus
tausend Naturen, dieses
erst nur errungene, nie
noch geliebte Geschöpf.

KLAGE

WEM willst du klagen, Herz? Immer gemiedener
ringt sich dein Weg durch die unbegreiflichen
Menschen. Mehr noch vergebens vielleicht,
da er die Richtung behält,
Richtung zur Zukunft behält,
zu der verlorenen.

Früher. Klagtest? Was wars? Eine gefallene
Beere des Jubels, unreife.
Jetzt aber bricht mir mein Jubel-Baum,
bricht mir im Sturme mein langsamer
Jubel-Baum.
Schönster in meiner unsichtbaren
Landschaft, der du mich kenntlicher
machtest Engeln, unsichtbaren.

›MAN MUSS STERBEN WEIL MAN SIE KENNT‹

(›*Papyrus Prisse*‹. *Aus den Sprüchen des Ptah-hetep,
Handschrift um 2000 v. Ch.*)

›Man muß sterben weil man sie kennt.‹ Sterben
an der unsäglichen Blüte des Lächelns. Sterben
an ihren leichten Händen. Sterben
an Frauen.

Singe der Jüngling die tödlichen,
wenn sie ihm hoch durch den Herzraum
wandeln. Aus seiner blühenden Brust
sing er sie an:
unerreichbare! Ach, wie sie fremd sind.
Über den Gipfeln
seines Gefühls gehn sie hervor und ergießen
süß verwandelte Nacht ins verlassene
Tal seiner Arme. Es rauscht
Wind ihres Aufgangs im Laub seines Leibes. Es glänzen
seine Bäche dahin.

Aber der Mann
schweige erschütterter. Er, der
pfadlos die Nacht im Gebirg
seiner Gefühle geirrt hat:
schweige.

Wie der Seemann schweigt, der ältere,
und die bestandenen
Schrecken spielen in ihm wie in zitternden Käfigen.

Wo wir uns hier, in einander drängend, nicht
nie finden: beginnen die Engel
sich zu gewahren, und durch die tiefere Näh
in heiligem Eilschritt wandeln sie endlos sich an.

Anfänge und Fragmente aus dem Umkreis der Elegien

FÜNF GESÄNGE

August 1914

I

ZUM ersten Mal seh ich dich aufstehn
hörengesagter fernster unglaublicher Kriegs-Gott.
Wie so dicht zwischen die friedliche Frucht
furchtbares Handeln gesät war, plötzlich erwachsenes.
Gestern war es noch klein, bedurfte der Nahrung,
steht es schon da: morgen   [mannshoch
überwächst es den Mann. Denn der glühende Gott
reißt mit Einem das Wachstum
aus dem wurzelnden Volk, und die Ernte beginnt.
Menschlich hebt sich das Feld ins Menschengewitter.
                                Der Sommer
bleibt überholt zurück unter den Spielen der Flur.
Kinder bleiben, die spielenden, Greise, gedenkende,
und die vertrauenden Frauen. Blühender Linden
rührender Ruch durchtränkt den gemeinsamen Abschied
und für Jahre hinaus behält es Bedeutung
diesen zu atmen, diesen erfüllten Geruch.
Bräute gehen erwählter: als hätte nicht Einer
sich zu ihnen entschlossen, sondern das ganze

Volk sie zu fühlen bestimmt. Mit langsam ermessendem
                                   Blick
umfangen die Knaben den Jüngling, der schon hinein-
in die gewagtere Zukunft: ihn, der noch eben   [reicht
hundert Stimmen vernahm, unwissend, welche im
                                   Recht sei,
wie erleichtert ihn jetzt der einige Ruf; denn *was*
wäre nicht Willkür neben der frohen, neben der
                                   sicheren Not?
Endlich ein Gott. Da wir den friedlichen oft
nicht mehr ergriffen, ergreift uns plötzlich der
                                   Schlacht-Gott,
schleudert den Brand: und über dem Herzen voll Heimat
schreit, den er donnernd bewohnt, sein rötlicher
                                   Himmel.

                        II
HEIL mir, daß ich Ergriffene sehe. Schon lange
war uns das Schauspiel nicht wahr
und das erfundene Bild sprach nicht entscheidend
Geliebte, nun redet wie ein Seher die Zeit   [uns an.
blind, aus dem ältesten Geist.
Hört. Noch hörtet ihrs nie. Jetzt seid ihr die Bäume,
die die gewaltige Luft lauter und lauter durchrauscht;
über die ebenen Jahre stürmt sie herüber
aus der Väter Gefühl, aus höheren Taten, vom hohen
Heldengebirg, das nächstens im Neuschnee
eures freudigen Ruhms reiner, näher erglänzt.
Wie verwandelt sich nun die lebendige Landschaft: es
würziger Jungwald dahin und ältere Stämme, [wandert

und das kürzliche Reis biegt sich den Ziehenden nach.
Einmal schon, da ihr gebart, empfandet ihr Trennung,
                    Mütter, –
empfindet auch wieder das Glück, daß ihr die
                    Gebenden seid.
Gebt wie Unendliche, gebt. Seid diesen treibenden Tagen
eine reiche Natur. Segnet die Söhne hinaus.
Und ihr Mädchen, gedenkt, daß sie euch lieben:
                    in *solchen*
Herzen seid ihr gefühlt, so furchtbarer Andrang
ging, zur Milde verstellt, mit euch, Blumigen, um.
Vorsicht hielt euch zurück, nun dürft ihr unendlicher
                    lieben,
sagenhaft Liebende sein wie die Mädchen der Vorzeit:
daß die Hoffende steht wie im hoffenden Garten;
daß die Weinende weint wie im Sternbild, das hoch
nach einer Weinenden heißt . . . .
. . . .

III

Seit drei Tagen, was ists? Sing ich wirklich das
                    Schrecknis,
wirklich den Gott, den ich als einen der frühern
nur noch erinnernden Götter ferne bewundernd
                    geglaubt?
Wie ein vulkanischer Berg lag er im Weiten. Manchmal
flammend. Manchmal im Rauch. Traurig und göttlich.
Nur eine nahe vielleicht, ihm anliegende Ortschaft
bebte. Wir aber hoben die heile
Leyer anderen zu: welchen kommenden Göttern?

VOLLENDETES

Und nun aufstand er: steht: höher
als stehende Türme, höher
als die geatmete Luft unseres sonstigen Tags.
Steht. Übersteht. Und wir? Glühen in Eines zusammen,
in ein neues Geschöpf, das er tödlich belebt.
So auch *bin* ich nicht mehr; aus dem gemeinsamen
                                    Herzen
schlägt das meine den Schlag, und der gemeinsame
bricht den meinigen auf.   [Mund

Dennoch, es heult bei Nacht wie die Sirenen der Schiffe
in mir das Fragende, heult nach dem Weg, dem Weg.
Sieht ihn oben der Gott, hoch von der Schulter? Lodert
er als Leuchtturm hinaus einer ringenden Zukunft,
die uns lange gesucht? Ist er ein Wissender? *Kann*
er ein Wissender sein, dieser reißende Gott?
Da er doch alles Gewußte zerstört. Das lange, das
                                  liebreich,
unser vertraulich Gewußtes. Nun liegen die Häuser
nur noch wie Trümmer umher seines Tempels.
                                  Im Aufstehn
stieß er ihn höhnisch von sich und steht in die Himmel.

Eben noch Himmel des Sommers. Sommerhimmel.
                                  Des Sommers
innige Himmel über den Bäumen und uns.
Jetzt: wer fühlt, wer erkennt ihre unendliche Hütung
über den Wiesen? Wer
starrte nicht fremdlings hinein?

Andere sind wir, ins Gleiche Geänderte: jedem
sprang in die plötzlich
nicht mehr seinige Brust meteorisch ein Herz.
Heiß, ein eisernes Herz aus eisernem Weltall.

IV

UNSER älteres Herz, ihr Freunde, wer vordenkts,
jenes vertraute, das uns noch gestern bewegt,
unwiederbringliche? Keiner
fühlt es wieder zurück, kein dann noch Seiender
hinter der hohen Verwandlung.

Denn ein Herz der Zeit, einer immer noch unauf-
gelebten Vorzeit älteres Herz
hat das nahe verdrängt, das langsam andere,
unser errungenes. Und nun
endiget, Freunde, das plötzlich
zugemutete Herz, braucht das gewaltsame auf!
Rühmend: denn immer wars rühmlich,
nicht in der Vorsicht einzelner Sorge zu sein, sondern
wagenden Geiste, sondern in herrlich   [in *einem*
gefühlter Gefahr, heilig gemeinsam. Gleich hoch
steht das Leben im Feld in den zahllosen Männern,
                    und mitten in jedem
tritt ein gefürsteter Tod auf den erkühntesten Platz.
Aber im Rühmen, o Freunde, rühmet den
                    Schmerz auch,
rühmt ohne Wehleid den Schmerz, daß wir die
waren, sondern verwandter   [Künftigen nicht
allem Vergangenen noch: rühmt es und klagt.

Sei euch die Klage nicht schmählich. Klaget. Wahr erst
wird das unkenntliche, das
keinem begreifliche Schicksal,
wenn ihr es maßlos beklagt und dennoch das maßlos,
dieses beklagteste, seht: wie ersehntes begeht.

V

Auf, und schreckt den schrecklichen Gott! Bestürzt ihn.
Kampf-Lust hat ihn vor Zeiten verwöhnt. Nun dränge
 der Schmerz euch,
dränge ein neuer, verwunderter Kampf-Schmerz
euch seinem Zorne zuvor.
Wenn schon ein Blut euch bezwingt, ein hoch von den
kommendes Blut: so sei das Gemüt doch   [Vätern
immer noch euer. Ahmt nicht
Früherem nach, Einstigem. Prüfet,
ob ihr nicht Schmerz seid. Handelnder Schmerz.
 Der Schmerz hat
auch seine Jubel. O, und dann wirft sich die Fahne
über euch auf, im Wind, der vom Feind kommt!
Welche? Des Schmerzes. Die Fahne des Schmerzes.
 Das schwere
schlagende Schmerztuch. Jeder von euch hat sein
 schweißend
nothaft heißes Gesicht mit ihr getrocknet. Euer
aller Gesicht dringt dort zu Zügen zusamm.
Zügen der Zukunft vielleicht. Daß sich der Haß nicht
dauernd drin hielte. Sondern ein Staunen, sondern
 entschlossener Schmerz,
sondern der herrliche Zorn, daß euch die Völker,

diese blinden umher, plötzlich im Einsehn gestört;
sie –, aus denen ihr ernst, wie aus Luft und
         aus Bergwerk,
Atem und Erde gewannt. Denn zu begreifen,
denn zu lernen und vieles in Ehren
innen zu halten, auch Fremdes, war euch gefühlter Beruf.
Nun seid ihr aufs Eigne wieder beschränkt. Doch größer
ist es geworden. Wenns auch nicht Welt ist,
        bei weitem, –
nehmt es wie Welt! Und gebrauchts wie den Spiegel,
welcher die Sonne umfaßt und in sich die Sonne
wider die Irrenden kehrt. (Euer eigenes Irrn
brenne im schmerzhaften auf, im schrecklichen Herzen.)

  Es winkt zu Fühlung fast aus allen Dingen,
  aus jeder Wendung weht es her: Gedenk!
  Ein Tag, an dem wir fremd vorübergingen,
  entschließt im künftigen sich zum Geschenk.

  Wer rechnet unseren Ertrag? Wer trennt
  uns von den alten, den vergangnen Jahren?
  Was haben wir seit Anbeginn erfahren,
  als daß sich eins im anderen erkennt?

  Als daß an uns Gleichgültiges erwarmt?
  O Haus, o Wiesenhang, o Abendlicht,
  auf einmal bringst du's beinah zum Gesicht
  und stehst an uns, umarmend und umarmt.

Durch alle Wesen reicht der *eine* Raum:
Weltinnenraum. Die Vögel fliegen still
durch uns hindurch. O, der ich wachsen will,
ich seh hinaus, und *in* mir wächst der Baum.

Ich sorge mich, und in mir steht das Haus.
Ich hüte mich, und in mir ist die Hut.
Geliebter, der ich wurde: an mir ruht
der schönen Schöpfung Bild und weint sich aus.

AN HÖLDERLIN

V<small>ERWEILUNG</small>, auch am Vertrautesten nicht,
ist uns gegeben; aus den erfüllten
Bildern stürzt der Geist zu plötzlich zu füllenden; Seen
sind erst im Ewigen. Hier ist Fallen
das Tüchtigste. Aus dem gekonnten Gefühl
überfallen hinab ins geahndete, weiter.

Dir, du Herrlicher, war, dir war, du Beschwörer,
         ein ganzes
Leben das dringende Bild, wenn du es aussprachst,
die Zeile schloß sich wie Schicksal, ein Tod war
selbst in der lindesten, und du betratest ihn; aber
der vorgehende Gott führte dich drüben hervor.

O du wandelnder Geist, du wandelndster! Wie sie doch
wohnen im warmen Gedicht, häuslich, und lang [alle
bleiben im schmalen Vergleich. Teilnehmende. Du nur

ziehst wie der Mond. Und unten hellt und verdunkelt
deine nächtliche sich, die heilig erschrockene Landschaft,
die du in Abschieden fühlst. Keiner
gab sie erhabener hin, gab sie ans Ganze
heiler zurück, unbedürftiger. So auch
spieltest du heilig durch nicht mehr gerechnete Jahre
mit dem unendlichen Glück, als wär es nicht innen, läge
keinem gehörend im sanften
Rasen der Erde umher, von göttlichen Kindern verlassen.
Ach, was die Höchsten begehren, du legtest es wunschlos
Baustein auf Baustein: es stand. Doch selber sein
irrte dich nicht. [Umsturz

Was, da ein solcher, Ewiger, war, mißtraun wir
immer dem Irdischen noch? Statt am Vorläufigen ernst
die Gefühle zu lernen für welche
Neigung, künftig im Raum?

AUSGESETZT auf den Bergen des Herzens. Siehe, wie
klein dort,
siehe: die letzte Ortschaft der Worte, und höher,
aber wie klein auch, noch ein letztes
Gehöft von Gefühl. Erkennst du's?
Ausgesetzt auf den Bergen des Herzens. Steingrund
unter den Händen. Hier blüht wohl
einiges auf; aus stummem Absturz
blüht ein unwissendes Kraut singend hervor.
Aber der Wissende? Ach, der zu wissen begann

und schweigt nun, ausgesetzt auf den Bergen des
Da geht wohl, heilen Bewußtseins,   [Herzens.
manches umher, manches gesicherte Bergtier,
wechselt und weilt. Und der große geborgene Vogel
kreist um der Gipfel reine Verweigerung. – Aber
ungeborgen, hier auf den Bergen des Herzens . . . .

IMMER wieder, ob wir der Liebe Landschaft auch kennen
und den kleinen Kirchhof mit seinen klagenden Namen
und die furchtbar verschweigende Schlucht, in welcher
                      die andern
enden: immer wieder gehn wir zu zweien hinaus
unter die alten Bäume, lagern uns immer wieder
zwischen die Blumen, gegenüber dem Himmel.

VOR WEIHNACHTEN 1914

1

DA kommst du nun, du altes zahmes Fest,
und willst, an mein einstiges Herz gepreßt,
getröstet sein. Ich soll dir sagen: du
bist immer noch die Seligkeit von einst
und ich bin wieder dunkles Kind und tu
die stillen Augen auf, in die du scheinst.
Gewiß, gewiß. Doch damals, da ichs war,
und du mich schön erschrecktest, wenn die Türen
aufsprangen – und dein wunderbar

nicht länger zu verhaltendes Verführen
sich stürzte über mich wie die Gefahr
reißender Freuden: damals selbst, empfand
ich damals *dich*? Um jeden Gegenstand
nach dem ich griff, war Schein von deinem Scheine,
doch plötzlich ward aus ihm und meiner Hand
ein neues Ding, das bange, fast gemeine
Ding, das besitzen heißt. Und ich erschrak.
O wie doch alles, eh ich es berührte,
so rein und leicht in meinem Anschaun lag.
Und wenn es auch zum Eigentum verführte,
noch war es keins. Noch haftete ihm nicht
mein Handeln an; mein Mißverstehn; mein Wollen
es solle etwas sein, was es nicht *war*.
Noch war es klar
und klärte mein Gesicht.
Noch fiel es nicht, noch kam es nicht ins Rollen,
noch war es nicht das Ding, das widerspricht.
Da stand ich zögernd vor dem wundervollen
Un-Eigentum.....

2

(......... Oh, daß ich nun vor dir
so stünde, Welt, so stünde, ohne Ende
anschauender. Und heb ich je die Hände
so lege nichts hinein; denn ich verlier.

Doch laß durch mich wie durch die Luft den Flug
der Vögel gehen. Laß mich, wie aus Schatten
und Wind gemischt, dem schwebenden Bezug
kühl fühlbar sein. Die Dinge, die wir hatten,

(oh sieh sie an, wie sie uns nachschaun) nie
erholen sie sich ganz. Nie nimmt sie wieder
der reine Raum. Die Schwere unsrer Glieder,
was an uns Abschied ist, kommt über sie.)

3

AUCH dieses Fest laß los, mein Herz. Wo sind
Beweise, daß es dir gehört? Wie Wind
aufsteht und etwas biegt und etwas drängt,
so fängt in dir ein Fühlen an und geht
wohin? drängt was? biegt was? Und drüber übersteht,
unfühlbar, Welt. Was willst du feiern, wenn
die Festlichkeit der Engel dir entweicht?
Was willst du fühlen? Ach, dein Fühlen reicht
vom Weinenden zum Nicht-mehr-Weinenden.
Doch drüber sind, unfühlbar, Himmel leicht
von zahllos Engeln. Dir unfühlbar. Du
kennst nur den Nicht-Schmerz. Die Sekunde Ruh
zwischen zwei Schmerzen. Kennst den kleinen Schlaf
im Lager der ermüdeten Geschicke.
Oh wie dich, Herz, vom ersten Augenblicke
das Übermaß des Daseins übertraf.
Du fühltest auf. Da türmte sich vor dir
zu Fühlendes: ein Ding, zwei Dinge, vier
bereite Dinge. Schönes Lächeln stand
in einem Antlitz. Wie erkannt
sah eine Blume zu dir auf. Da flog
ein Vogel durch dich hin wie durch die Luft.
Und war dein Blick zu voll, so kam ein Duft,
und war es Dufts genug, so bog ein Ton

sich dir ans Ohr . . . Schon
wähltest du und winktest: dieses nicht.
Und dein Besitz ward sichtbar am Verzicht.
Bang wie ein Sohn ging manches von dir fort
und sah sich lange um, und sieht von dort,
wo du nicht fühlst, noch immer her. O daß
du immer wieder wehren mußt: genug,
statt: *mehr!* zu rufen, statt Bezug
in dich zu reißen, wie der Abgrund Bäche?
Schwächliches Herz. Was soll ein Herz aus Schwäche?
Heißt Herz-sein nicht Bewältigung?
Daß aus dem Tier-Kreis mir mit einem Sprung
der Steinbock auf mein Herzgebirge spränge.
Geht nicht durch mich der Sterne Schwung?
Umfaß ich nicht das weltische Gedränge?
Was bin ich hier? Was war ich jung?

STROPHEN ZU EINER FEST-MUSIK
(*für Sidie Nádherný*)

WOHIN reicht, wohin die Stimme der Menschen
wenn sie emporklingt? Schwingen,
schwingen die Himmel von ihr? Oder verbringt sie
immer ein schwindender Wind?

Heute steh ich, steh auf den Türmen der Freude,
heut heut ficht michs nicht an, daß ich vergehe.
Heut ruf ich einen der Rufe. Heut bin ich
ein goldener Leuchter der Stimme.

Diese ist hoch und schöngewachsen. Kein Palmbaum
teilt sich reiner hinan. Und sicher steigt sie, wie immer
seiend. Nur drunter
wechseln die Munde.

Einige stehen so, Gesänge der Menschheit
immer im Gleichgewicht; ruhen
ohne zu schwanken auf unaufhörlich
Anderen auf. O hohe

Säule der Hochzeit, erhabene. Heut über meinem
tragenden Herzen. Wie, wie
brichst du das Schweigen
meiner Toten und meins.

Welche springen zu dir, von anderen Säulen,
                                    Bogen herüber –
welche? Ich weiß nicht. Aber ich fühle, daß du
oben Gewölbe empfängst.

LIEBESANFANG

O LÄCHELN, erstes Lächeln, unser Lächeln.
Wie war das Eines: Duft der Linden atmen,
Parkstille hören –, plötzlich in einander
aufschaun und staunen bis heran ans Lächeln.

In diesem Lächeln war Erinnerung
an einen Hasen, der da eben drüben

im Rasen spielte; dieses war die Kindheit
des Lächelns. Ernster schon war ihm des Schwanes
Bewegung eingegeben, den wir später
den Weiher teilen sahen in zwei Hälften
lautlosen Abends. – Und der Wipfel Ränder
gegen den reinen, freien, ganz schon künftig
nächtigen Himmel hatten diesem Lächeln
Ränder gezogen gegen die entzückte
Zukunft im Antlitz.

ODE AN BELLMAN

Mir töne, Bellman, töne. Wann hat so
Schwere des Sommers eine Hand gewogen?
Wie eine Säule ihren Bogen
trägst du die Freude, die doch irgendwo
auch aufruht, wenn sie unser sein soll; denn,
Bellman, wir sind ja nicht die Schwebenden.
Was wir auch werden, hat Gewicht:
Glück, Überfülle und Verzicht
sind schwer.

Her mit dem Leben, Bellman, reiß herein,
die uns umhäufen, unsre Zubehöre:
Kürbis, Fasanen und das wilde Schwein,
und mach, du königlichster der Traktöre,
daß ich das Feld, das Laub, die Sterne höre
und dann: mit einem Wink, beschwöre,
daß er sich tiefer uns ergiebt, den Wein!

Ach Bellman, Bellman, und die Nachbarin:
ich glaube, sie auch kennt, was ich empfinde,
sie schaut so laut und duftet so gelinde;
schon fühlt sie her, schon fühl ich hin –,
und kommt die Nacht, in der ich an ihr schwinde:
Bellman, ich bin!

Da schau, dort hustet einer, doch was tuts,
ist nicht der Husten beinah schön, im Schwunge?
Was kümmert uns die Lunge!
Das Leben ist ein Ding des Übermuts.
Und wenn er stürbe. Sterben ist so echt.
Hat er dem Leben lang am Hals gehangen,
da nimmt ihn erst das Leben ans Geschlecht
und schläft mit ihm. So viele sind vergangen
und haben Recht!

Zwar ist uns nur Vergehn,
doch im Vergehn ist Abschied uns geboten.
Abschiede feiern: Bellman, stell die Noten
wie Sterne, die im großen Bären stehn.
Wir kommen voller Fülle zu den Toten:
Was haben wir gesehn!

ACH wehe, meine Mutter reißt mich ein.
Da hab ich Stein auf Stein zu mir gelegt,
und stand schon wie ein kleines Haus, um das sich
sogar allein.   [groß der Tag bewegt,
Nun kommt die Mutter, kommt und reißt mich ein.

Sie reißt mich ein, indem sie kommt und schaut.
Sie sieht es nicht, daß einer baut.
Sie geht mir mitten durch die Wand von Stein.
Ach wehe, meine Mutter reißt mich ein.

Die Vögel fliegen leichter um mich her.
Die fremden Hunde wissen: das ist *der*.
Nur einzig meine Mutter kennt es nicht,
mein langsam mehr gewordenes Gesicht.

Von ihr zu mir war nie ein warmer Wind.
Sie lebt nicht dorten, wo die Lüfte sind.
Sie liegt in einem hohen Herz-Verschlag
und Christus kommt und wäscht sie jeden Tag.

DER TOD MOSES

KEINER, der finstere nur gefallene Engel
wollte; nahm Waffen, trat tödlich
den Gebotenen an. Aber schon wieder
klirrte er hin rückwärts, aufwärts,
schrie in die Himmel: Ich kann nicht!

Denn gelassen durch die dickichte Braue
hatte ihn Moses gewahrt und weitergeschrieben:
Worte des Segens und den unendlichen Namen.
Und sein Auge war rein bis zum Grunde der Kräfte.

Also der Herr, mitreißend die Hälfte der Himmel,
drang herab und bettete selber den Berg auf;
legte den Alten. Aus der geordneten Wohnung
rief er die Seele; die, auf! und erzählte
vieles Gemeinsame, eine unzählige Freundschaft.

Aber am Ende wars ihr genug. Daß es genug sei,
gab die vollendete zu. Da beugte der alte
Gott zu dem Alten langsam sein altes
Antlitz. Nahm ihn im Kusse aus ihm
in sein Alter, das ältere. Und mit Händen der Schöpfung
grub er den Berg zu. Daß es nur einer,
ein wiedergeschaffener, sei unter den Bergen der Erde,
Menschen nicht kenntlich.

DER TOD

Da steht der Tod, ein bläulicher Absud
in einer Tasse ohne Untersatz.
Ein wunderlicher Platz für eine Tasse:
steht auf dem Rücken einer Hand. Ganz gut
erkennt man noch an dem glasierten Schwung
den Bruch des Henkels. Staubig. Und: ›*Hoff-nung*‹
an ihrem Bug in aufgebrauchter Schrift.

Das hat der Trinker, den der Trank betrifft,
bei einem fernen Frühstück ab-gelesen.

Was sind denn das für Wesen,
die man zuletzt wegschrecken muß mit Gift?

Blieben sie sonst? Sind sie denn hier vernarrt
in dieses Essen voller Hindernis?
Man muß ihnen die harte Gegenwart
ausnehmen, wie ein künstliches Gebiß.
Dann lallen sie. Gelall, Gelall . . . .
. . . .

O Sternenfall,
von einer Brücke einmal eingesehn –:
Dich nicht vergessen. Stehn!

REQUIEM
AUF DEN TOD EINES KNABEN

Was hab ich mir für Namen eingeprägt
und Hund und Kuh und Elephant
nun schon so lang und ganz von weit erkannt,
und dann das Zebra –, ach, wozu?
  Der mich jetzt trägt,
steigt wie ein Wasserstand
über das Alles. Ist das Ruh,
zu wissen, daß man war, wenn man sich nicht
durch zärtliche und harte Gegenstände
durchdrängte ins begreifende Gesicht?

Und diese angefangnen Hände –

Ihr sagtet manchmal: er verspricht ...
Ja, ich versprach, doch was ich *Euch* versprach,
das macht mir jetzt nicht bange.
Zuweilen, dicht am Hause, saß ich lange
und schaute einem Vogel nach.
Hätt ich das werden dürfen, dieses Schaun!
Das trug, das hob mich, meine Augenbraun
waren ganz oben. Keinen hatt ich lieb.
Liebhaben war doch Angst –, begreifst du, dann
war ich nicht wir
und war viel größer als ein Mann
und war
als wär ich selber die Gefahr,
und drin in ihr
war ich der Kern.

Ein kleiner Kern; ich gönne ihn den Straßen,
ich gönne ihn dem Wind. Ich geb ihn fort.
Denn daß wir alle so beisammen saßen,
das hab ich nie geglaubt. Mein Ehrenwort.
Ihr spracht, ihr lachtet, dennoch war ein jeder
im Sprechen nicht und nicht im Lachen. Nein.
So wie ihr alle schwanktet, schwankte weder
die Zuckerdose, noch das Glas voll Wein.
Der Apfel lag. Wie gut das manchmal war,
den festen vollen Apfel anzufassen,
den starken Tisch, die stillen Frühstückstassen,
die guten, wie beruhigten sie das Jahr.
Und auch mein Spielzeug war mir manchmal gut.
Es konnte beinah wie die andern Sachen

verläßlich sein; nur nicht so ausgeruht.
So stand es in beständigem Erwachen
wie mitten zwischen mir und meinem Hut.
Da war ein Pferd aus Holz, da war ein Hahn,
da war die Puppe mit nur einem Bein;
ich habe viel für sie getan.
Den Himmel klein gemacht, wenn sie ihn sahn, –
denn das begriff ich frühe: wie allein
ein Holzpferd ist. Daß man das machen kann:
ein Pferd aus Holz in irgend einer Größe.
Es wird bemalt, und später zieht man dran,
und es bekommt vom echten Weg die Stöße.
Warum war das nicht Lüge, wenn man dies
›Pferd‹ nannte? Weil man selbst ein wenig
als Pferd sich fühlte, mähnig, sehnig,
vierbeinig wurde – (um einmal ein Mann
zu werden?) Aber war man nicht
ein wenig Holz zugleich um seinetwillen
und wurde hart im Stillen
und machte ein vermindertes Gesicht?

Jetzt mein ich fast, wir haben stets getauscht.
Sah ich den Bach, wie hab ich da gerauscht,
rauschte der Bach, so bin ich hingesprungen.
Wo ich ein Klingen *sah*, hab ich geklungen,
und wo es klang, war ich davon der Grund.

So hab ich mich dem Allen aufgedrängt.
Und war doch Alles ohne mich zufrieden
und wurde trauriger, mit mir behängt.

Nun bin ich plötzlich ab-geschieden.
Fängt
ein neues Lernen an, ein neues Fragen?
Oder soll ich jetzt sagen,
wie alles bei euch ist? – Da ängst ich mich.
Das Haus? Ich hab es nie so recht verstanden.
Die Stuben? Ach da war so viel vorhanden.
..... Du Mutter, *wer* war eigentlich
der Hund?
Und selbst, daß wir im Walde Beeren fanden,
erscheint mir jetzt ein wunderlicher Fund

. . . .

Da müssen ja doch tote Kinder sein,
die mit mir spielen kommen. Sind doch immer
welche gestorben. Lagen erst im Zimmer,
so wie ich lag, und wurden nicht gesund.

Gesund . . . Wie das hier klingt. Hat das noch Sinn?
Dort, wo ich bin,
ist, glaub ich, niemand krank.
Seit meinem Halsweh, das ist schon so lang –

Hier ist ein jeder wie ein frischer Trank.

Noch hab ich, die uns trinken, nicht gesehen

. . . .

⟨DIE WORTE DES HERRN
AN JOHANNES AUF PATMOS⟩

Zum 21. November 1915
Für Clara mit Dürers Apokalypse

—————:

SIEHE: (denn kein Baum soll dich zerstreuen)
reinen Raum auf diesem Eiland stehn.
Vögel? – – Sei gefaßt auf Leuen,
welche durch die Lüfte gehn.
Bäume würden scheuen,
und ich will nicht, daß sie sehn.

Aber du, du *sieh*, gewahre, sei
schauender, als je ein Mann gewesen.
Du sollst fassen, nehmen, lesen,
schlingen sollst du, die ich dir entzwei
breche, meines Himmels volle Frucht.
Daß ihr Saft dir in die Augen tropfe,
sollst du knien mit erhobnem Kopfe:
dazu hab ich dich gesucht.

Und sollst schreiben, ohne hinzusehn;
denn auch dieses ist von Nöten: Schreibe!
leg die Rechte rechts und links auf den
Stein die Linke: daß ich beide treibe.

Und nun will ich ganz geschehn.

Jahrmillionen muß ich mich verhalten,
weil die Welten langsamer verleben,

muß den kalten
nach und nach von meinen Gluten geben,
statt in allen alle Glut zu sein.
Und so bin ich niemals im Geschaffnen:
wenn die Menschen eben mich vermuten,
so vergißt mich schon der Stein.

Einmal will ich mich vor dir entwaffnen.
Meine Mäntel, meine Reichsgewänder,
meine Rüstung: alles, was mich schnürt:
abtun und dem hohen Doppel-Händer,
den der Engel für mich führt,
meiner Rechten Strom entziehn –. Doch jetzt
siehe die Bedeutung meiner Trachten.

Da Wir uns so große Kleider machten,
kommt das Unbekleidetsein zuletzt.
— — — — — — — — — — — — — — — — — — — —
— — — — — — — — — — — — — — — — — — — —

SEELE IM RAUM

*Ihrer Königlichen Hoheit
der Frau Großherzogin von Hessen
völlig eigentümlich zugeeignet*

Hier bin ich, hier bin ich, Entrungene,
taumelnd.
Wag ichs denn? Werf ich mich?

Fähige waren schon viel
dort, wo ich drängte. Nun wo
auch noch die Mindesten restlos Macht vollziehn,
schweigend vor Meisterschaft –:
Wag ichs denn? Werf ich mich?

Zwar ich ertrug, vom befangenen Körper aus,
Nächte; ja ich befreundete
ihn, den irdenen, mit der Unendlichkeit;
schluchzend
überfloß, das ich hob,
sein schmuckloses Herz.

Aber nun, wem zeig ichs,
daß ich die Seele bin? Wen
wunderts?
Plötzlich soll ich die Ewige sein,
nicht mehr am Gegensatz haftend, nicht mehr
Trösterin; fühlend mit nichts als
Himmeln.

Kaum noch geheim;
denn unter den offenen
allen Geheimnissen eines,
ein ängstliches.

O wie durchgehn sich die großen Umarmungen.
wird mich umfangen, welche mich weiter   [Welche
geben, mich, linkisch
Umarmende?

Oder vergaß ich und kanns?
Vergaß den erschöpflichen Aufruhr
jener Schwerliebenden? Staun,
stürze aufwärts und kanns?

AN DIE MUSIK

Musik: Atem der Statuen. Vielleicht:
Stille der Bilder. Du Sprache wo Sprachen
enden. Du Zeit,
die senkrecht steht auf der Richtung
                    vergehender Herzen.

Gefühle zu wem? O du der Gefühle
Wandlung in was? –: in hörbare Landschaft.
Du Fremde: Musik. Du uns entwachsener
Herzraum. Innigstes unser,
das, uns übersteigend, hinausdrängt, –
heiliger Abschied:
da uns das Innre umsteht
als geübteste Ferne, als andre
Seite der Luft:
rein,
riesig,
nicht mehr bewohnbar.

AUS DEM NACHLASS DES GRAFEN C.W.
⟨ERSTE REIHE⟩

⟨I⟩

Weisses Pferd – wie? oder Sturzbach..? welches
war das Bild, das übern Schlaf mir blieb?
Spiegel-Schein im Neige-Rest des Kelches –
und der Tag, der mich nach außen trieb!

Wiederkehr –, was find ich mir im Innern,
fall ich abends schwerhaft in mich ein?
Traum, trag auf jetzt: wird der Teller zinnern –,
wird die fremde Frucht eröffnet sein?

Werd ich wissen, was ich trinke –, oder
ists versunkner Hügel Leidenschaft?
Und wem klag ichs, wenn am Schluß der Moder
fadet durch den aus-geschmeckten Saft?

Gnügts mir, daß ich noch nach auswärts schaue,
braucht der Schlaf-Koch noch ein Suppenkraut? –
Oder wirft er schon in ungenaue
Speisen Würzen, denen er nicht traut?

⟨II⟩

Vorhang, Schachbrett und der schlanke Henkel
jenes Glas-Krugs, der den Wein verriet –,
eines Abends, später, weiß der Enkel,
daß sein Herz sich damals grad entschied,

so zu gehen, wie es geht. Wie geht es?
Ach, zu Frauen stürzt es seltsam hin.
(Wagte er, es während des Gebetes
anzuschauen....!) Wie es ohne Sinn

zittert vor den Knaben! Manchmal nimmt es
seinen Schritt von einem andern Mann,
was es antrieb, war ein Unbestimmtes,
und ein Unbestimmtes hielt es an.

Oft ins Laufen kam es durch die Neige
seiner Landschaft, wie ein Kind, das läuft
weiter, weiter ... wie in seinen Zeige-
finger –: stand, mit Atem überhäuft ...

⟨III⟩
MÄDCHEN, reift dich der Sommertag?
Abends, in warmer Hand Wachtelschlag,
steht der Liebende da.

Sieht wie dein kleines Fenster dich schmückt,
daß dir Haltung und Lächeln glückt,
ahnt er von nah.

Kühl ist die Tür schon, bis morgen früh
kältet sie gründlich aus.
Aber dein Freund ist heiß. Oh glüh,
glüh und reiß ihn ins Haus!

⟨IV⟩
DASS ich deiner dächte am Kamine?
Nein, du irrst, ich lese. – Ach, du weinst?
Kannst du wollen, daß ich wieder diene?
Denn ich liebte nicht: ich diente einst.

Du bezwangst, was noch in mir des Knaben
Trotz und Widerstand und Schwäche war,
ich verschrieb mit blutenden Buchstaben
dir mein erstes eignes Jahr –

Statt zu reiten, Olga, statt zu jagen,
kniet ich bei dir, *während jeder ging
kniet ich*, Seidenes um mich geschlagen,
das von deiner Gnade niederhing.

Fühltest du dann immer, daß ich kniete?
Oder wußtest du: er sieht nicht her? –
Ach, ich war die Muschel, Aphrodite,
die dich trug, und in mir war das Meer.

⟨V⟩
LASS mich sanft in deinem Tagebuche
blättern, Urgroßtante, Ahnin, laß –.
Ich weiß selbst nicht, welchen Satz ich suche.
Unruh, Zweifel, Sorge, Liebe, Haß –

alles dieses gilt nicht mehr das gleiche.
Wüßtest du, wie sehr wir anders sind!

Längst zerfiel die Lieblingsbank am Teiche –
Und dein Wind, einst Liebliche, dein Wind....

Dein: weil er so eingeweiht das leichte
Haar dir löste aus dem Blumen-Ring –,
dich verließ und drüben dich erreichte,
winkend schied und wieder dich empfing –,

kann er noch entstehn aus unsrer Luft?
Oh auch uns umdrängt es frühlingsüber.
Oh auch uns ist Wind Gefahr –, und Duft
schon Entscheidung.... Aber *was* ward trüber?

Kummer? – Tante, oh, ihr hattet ihn!
Und ihr littet gut –, ihr wart nicht weichlich,
doch ein Mond war, der euch unvergleichlich
durch die dichteste Verhängnis schien.

Rose riß in deinen lieben Finger
ihres Dornes kurzen Namenszug –,
Krankheit, Ahnung –, keines war geringer,
jeder ging durchs starke Haus und trug

Schicksal. Briefe drangen ein, selbst Zeitung
wirkte schon ins Wartende hinein;
Kinder trieben ihre Vorbereitung,
und Erwachsne mußten *sein* –:

Alles dieses läßt sich kaum verändern.
Ja, ihr kanntet schon den Flackergeist,

der in plötzlich aufgerührten Ländern
die Paläste niederreißt –;

meintet fast, ihr hättets überstanden,
wenn nach manchem bös bedrängten Jahr
schließlich doch ein Übriges vorhanden
und die Ernte leidlich war –.

Selbst das Wilde hatte seine Ehre,
neu aus Untergang gedieh Paris –,
rund ins Heitre stieg die Montgolfière
(wie's ein Kupfer im Kalender wies –);

vieles hob sich rasch, um rasch zu stürzen,
und vielleicht ists dies, was uns verwirrt:
daß die Zwischenräume sich verkürzen.
Urgroßtante! stünd ich wie ein Hirt

manchmal nächtens da und hätte diesen,
diesen Himmel über meinem Haupt –,
unten, unter meinem Fuß, die Wiesen –
(beide Dinge hast auch du geglaubt)

stünde nur und ließ es mir gewähren,
– ob es nun für uns ist, oder nicht –
und die Sterne in dem Großen Bären
spannten mir das wache Angesicht.

Ach, nur manchmal! und ich träte heiter
in das Haus zurück ums Morgengrauen:

einig weithin. Denn ich reichte weiter
als zu dir. Das älteste Vertraun

klärte mir mein überbrachtes Blut.
Denn was trennt uns, sag mir, von der ganzen
Welt –, ob sie nun wandelt oder ruht?
Hier November –, aber Pomeranzen

glühen irgendwo...: was hindert mich,
sie zu wissen!.....
              Halt! Nun will ich lesen,
unter deines Herzens Himmelsstrich
hinbewegen mein erwärmtes Wesen.

⟨VI⟩

WAR der Windstoß, der mir eben
ungefähr ins Fenster fuhr,
nur ein blindes Sich-erheben
und Sich-legen der Natur?

Oder nutzte die Gebärde
ein Verwesner heimlich aus?
Langte aus der dumpfen Erde
in das fühlentliche Haus?

Meistens ist es nur wie Wendung
eines Schlafenden bei Nacht –,
plötzlich füllt es sich mit Sendung
und bestürzt mich mit Verdacht.

Ach, was bin ich kaum geübter
zu begreifen, was es meint, –
hat mich ein im Tod getrübter
Knabe nahe angeweint?

Will er mir (und ich versage!)
zeigen, was er hier verließ –?
Mit dem Winde stieß die Klage,
doch er stand vielleicht und schrie's!

⟨VII⟩

IN Karnak wars. Wir waren hingeritten
Hélène und ich, nach eiligem dîner.
Der Dragoman hielt an: die Sphinxallee –,
ah! der Pilon: nie war ich so inmitten

mondener Welt! (Ists möglich, du vermehrst
dich in mir, Großheit, damals schon zu viel!)
Ist Reisen – Suchen? Nun, dies war ein Ziel.
Der Wächter an dem Eingang gab uns erst

des Maßes Schreck. Wie stand er niedrig neben
dem unaufhörlichen Sich-überheben
des Tors. Und jetzt, für unser ganzes Leben,
die Säule –: jene! War es nicht genug?

Zerstörung gab ihr recht: dem höchsten Dache
war sie zu hoch. Sie überstand und trug
Ägyptens Nacht.
              Der folgende Fellache

blieb nun zurück. Wir brauchten eine Zeit,
dies auszuhalten, weil es fast zerstörte,
daß *solches Stehn* dem Dasein angehörte,
in dem wir starben. – Hätt ich einen Sohn,
ich schickt ihn hin, in jenem Wendejahre,
da einer sich entringt ums einzig Wahre.
»Dort ist es, Charles, – geh durch den Pilon
und steh und schau . . .«
      Uns half es nicht mehr, wie?
Daß wirs ertrugen, war schon viel. Wir Beide:
du Leidende, in deinem Reisekleide,
und ich, Hermit in meiner Theorie.

Und doch, die Gnade! Weißt du noch den See,
um den granitne Katzen-Bilder saßen,
Marksteine – wessen? Und man war dermaßen
gebannt ins eingezauberte Carré,

daß, wären fünf an einer Seite nicht
gestürzt gewesen (du auch sahst dich um),
sie, wie sie waren, katzig, steinern, stumm,
Gericht gehalten hätten. Voll Gericht

war dieses alles. Hier der Bann am Teich
und dort am Rand die Riesen-Skarabäe
und an den Wänden längs die Epopäe
der Könige: Gericht. Und doch zugleich

ein Freispruch, ungeheuer. Wie Figur
sich nach Figur mit reinem Mondschein füllte,

war das im klarsten Umriß ausgedüllte
Relief, in seiner muldigen Natur,

so sehr Gefäß – –: und hier war *das* gefaßt,
was nie verborgen war und nie gelesen:
der Welt Geheimnis, *so geheim im Wesen*,
daß es in kein Verheimlicht-Werden paßt!

Bücher verblätterns alle: keiner las
so Offenbares je in einem Buche –,
(was hülfts, daß ich nach einem Namen suche):
das Unermeßliche kam in das Maß

der Opferung. – Oh sieh, was ist Besitz,
solang er nicht versteht, sich darzubringen?
Die Dinge gehn vorüber. Hülf den Dingen
in ihrem Gang. Daß nicht aus einem Ritz

dein Leben rinne. Sondern immerzu
sei du der Geber. Maultier drängt und Kuh
zur Stelle, wo des Königs Ebenbild,
der Gott, wie ein gestilltes Kind, gestillt

hinnimmt und lächelt. Seinem Heiligtume
geht nie der Atem aus. Er nimmt und nimmt,
und doch ist solche Milderung bestimmt,
daß die Prinzessin die Papyros-Blume

oft nur umfaßt, statt sie zu brechen. –
Hier
sind alle Opfer-Gänge unterbrochen,
der Sonntag rafft sich auf, die langen Wochen
verstehn ihn nicht. Da schleppen Mensch und Tier

abseits Gewinne, die der Gott nicht weiß.
Geschäft, mags schwierig sein, es ist bezwinglich;
man übts und übts, die Erde wird erschwinglich, –
wer aber nur den Preis giebt, der giebt preis.

⟨VIII⟩
MANCHMAL noch empfind ich völlig jenen
Kinder-Jubel, *ihn:*
da ein Laufen von den Hügellehnen
schon wie Neigung schien.

Da Geliebt-Sein noch nicht band und mühte,
und beim Nachtlicht-Schein
sich das Aug schloß wie die blaue Blüte
von dem blauen Lein.

Und da Lieben noch ein blindes Breiten
halber Arme war –,
nie so ganz um Einen, um den Zweiten:
offen, arm und klar.

⟨IX⟩

Was nun wieder aus den reinen Scheiten
im Kamine leidenschaftlich flammt,
das war Juli, war August vor Zeiten –,
oh, wie war es innig ein-gestammt

in das Holz, aus dem es lodernd bricht!
Wär auch uns der Sommer eingeflößter,
unser Sommer, wenn er als ein größter
Tag entwölkte unser Angesicht.

Auferstehung, nannten sie's, vom Tode –
Ja, das mag ein solches Flammen sein;
denn der Tod war nie der Antipode
dessen, was sich hier dem Schein

dieser Sonne gab und ihn begehrte –.
Das zum Troste reife Herz erkennts:
Totsein ist: das in uns umgekehrte
Brennen unsres Tempraments. *

---

* Das Wort ›Temperaments‹ ist in der Niederschrift des Grafen sichtlich das ursprüngliche gewesen –, scheint ihm aber dann doch nicht genügt zu haben; es ist schwer, dieses Wort, das nur eine Anwendungs-*Art* unserer Begabungen bedeutet, in so gründlich-mittlerem Sinne zuzugeben. So wurde es denn auch durchgestrichen und durch ›Elements‹ ersetzt, nicht ohne ein gewisses Bedauern –, möchte man aus dem Benehmen seiner Hand vermuten.

(Anmerkung des Copisten.)

⟨X⟩

WUNDERLICHES Wort: die Zeit vertreiben!
Sie zu *halten*, wäre das Problem.
Denn, wen ängstigts nicht: wo ist ein Bleiben,
wo ein endlich *Sein* in alledem? –

Sieh, der Tag verlangsamt sich, entgegen
jenem Raum, der ihn nach Abend nimmt:
Aufstehn wurde Stehn, und Stehn wird Legen,
und das willig Liegende verschwimmt –

Berge ruhn, von Sternen überprächtigt; –
aber auch in ihnen flimmert Zeit.
Ach, in meinem wilden Herzen nächtigt
obdachlos die Unvergänglichkeit.

⟨ZWEITE REIHE⟩

⟨I⟩

WIE vor dem Einzug, wie in leeren Gemächern,
hämmert der Specht an dem Stamme der kahlen
Ulme. Von Zukunftsplänen strahlen
die Winde über den Dächern.

Dies wird einmal der Sommer sein.
Eine vollendete Wohnung.
Welches Gedräng an der Tür!
Alles zieht selig ein.
Wie zur Belohnung.
Wofür?

⟨II⟩
SCHMETTERLING, das meine und das ihre,
der Natur und meins, wie du's verbrückst:
unser Glück, wenn du an dem Spaliere
leicht, wie in Entwürfen, weiterrückst.

Eben schien ich mir noch unberechtigt,
dieses Künftigen ein Teil zu sein;
denn du glaubst nicht, wie es uns verdächtigt,
unser Herz, das schwer ist und allein.

Doch nun hast du meines Blickes Faden
eingezogen ins Aprilgeweb,
und ich tu dem frohen Teppich Schaden,
wenn ich noch im Webstuhl widerstreb.

⟨III⟩
NEUE Sonne, Gefühl des Ermattens
vermischt mit hingebendem Freuen;
aber noch mehr fast ergreift mich die Unschuld
Schattens.   [des neuen

Schatten des frühesten Laubes, das du durchhellst,
Schatten der Blüten –: wie klar!
Wie du dich, wahres, nirgends verstellst,
offenes Jahr.

Unser Dunkel sogar wird davon zarter,
genau so rein war vielleicht sein Ursprung.
Und einmal war das alte Schwarz aller Marter
so jung.

⟨IV⟩

Du, die ich zeitig schon begann zu feiern,
erriet ich dich und lobte ich dich gut?
Du Heilige, du bliebst in deinen Schleiern
und nur von deinen Schleiern sang mein Blut.

Zwar ward mir immer wieder zum Vergleiche
ein lieblich mich Erfüllendes gesandt,
doch immer war, daß sie dich nicht erreiche,
das Letzte, was die Freundin mir gestand.

O stolze Schwermut meiner Liebeszeiten!
Dies ist dein Name. Ob er dir entspricht?
Wie einen Spiegel hob ich oft vom Weiten
ihn dir entgegen, – doch ich rief ihn nicht.

⟨V⟩

Heut sah ichs früh, das Graue an den Schläfen
und dicht am Mund den unbedingten Zug.
Du, die noch Kind war, wenn wir jetzt uns träfen,
wär dir mein Herz noch Herz genug?

Da gingen wir auf diesem Wiesenpfade
an dem Spalier, das schon von Bienen summt,
und was mich sanft vertröstet, wäre Gnade,
und Sprache wär, was nun in mir verstummt.

Erschiene dir mein Lächeln väterlicher,
nur, weil es dich so lang erwartet hat?
Wär es dir neu? Ach ja, so lächelt sicher
nicht einer deiner Freunde in der Stadt.

– Nimm es wie Landschaft, würd ich sagen, kehre
dich nicht daran, daß es dich überwiegt –
. . . .
Du, die noch Kind war, daß ich dich entbehre,
ist das mein Sieg? Ists das, was mich besiegt?

⟨VI⟩

Dies überstanden haben, auch das Glück
ganz überstanden haben, still und gründlich, –
bald war die Prüfung stumm, bald war sie mündlich,
wer schaute nicht verwundert her zurück.

Gekonnt hats keiner; denn das Leben währt
weils keiner konnte. Aber der Versuche
Unendlichkeit! Das neue Grün der Buche
ist nicht so neu wie was uns widerfährt.

Weils keiner meistert, bleibt das Leben rein.
Ists nicht verlegne Kraft wenn ich am Morgen turne?
Und von der Kraft, die war, wie leise spricht der Stein.
Und auf dem leisen Stein wie fruchthaft schließt die Urne.

⟨VII⟩

O erster Ruf wagrecht ins Jahr hinein –,
die Vogel-Stimmen stehn.
Du aber treibst schon in die Zeit dein Schrein,
o Kukuk, ins Vergehn –

Da: wie du rufst und rufst und rufst und rufst,
wie einer setzt ins Spiel,
und gar nicht baust, mein Freund, und gar nicht stufst
zum Lied, das uns gefiel.   [nicht stufst

Wir warten erst und hoffen ... Seltsam quer
durchstreift uns dieser Schrei;
als wär in diesem Schon ein Nimmermehr,
ein frühestes Vorbei –

⟨VIII⟩

Was für Vorgefühle in dir schliefen –,
war es Ehrfurcht gegen Glück und Weh,
wenn du schon in deinen Kinderbriefen
selbst das Zeitwort ›Lieben‹ groß schriebst,
                    Dorothee?

Schon im Wort vorher erschrak die Endung,
so als würde es vor ihr zu hell.
Auch: es wär mir lieb –, die leichte Wendung,
schriebst du angestrengt mit deinem sanften
                    großen L.

Diese Silbe war in deinem Herzen
immer wie ein neuer Satz. Und eh
du ihn anfingst, wehten deine Kerzen
leis vom Flüchten deines leichten Atems –,
                    Dorothee –

⟨IX⟩

Schöne Aglaja, Freundin meiner Gefühle,
unser Frohsein erreichte den Lerchenschlag
oben im Morgen. Laß uns nicht fürchten die Kühle
abends nach unserm Sommertag.

Kurve der Liebe, laß sie uns zeichnen. Ihr Steigen
soll uns unendlich rühmlich sein.
Aber auch später, wenn sie sich neigt –: wie eigen.
Wie deine feine Braue so rein.

Palermo 1862

⟨X⟩

Ich ging; ich wars, der das Verhängnis säte,
nun wächst es glücklich auf, verschwenderisch.
Im Halse des Erstickten ist die Gräte
so einig mit sich selber wie im Fisch.

Ich habe nichts, die Waage auszugleichen,
Gewichte nehmen drüben überhand;
unschuldig steht im Himmel noch das Zeichen
und weiß noch nicht von meinem Unbestand.

Denn wie das Licht von manchem Sterne lange
im Weltraum geht, bis es uns endlich trifft,
erscheint erst lang nach unserm Untergange
vor unserm Stern seine entstellte Schrift.

⟨XI⟩

Oft in dem Glasdach der verdeckten Beete
erscheint ein andrer Raum als Spiegelung
wie jener, der uns hier entgegenwehte:
ein künftiger, der an Erinnerung

sich fortgiebt, ohne uns gewährt zu sein.
Wie eingeschränkt ist alles uns Verliehne!
Wer sagt den Inhalt einer Apfelsine?
Wer liest bei jenem Licht im Edelstein?

Musik, Musik, gesteh, ob du vermagst
ihn zu vollziehn den unerhörten Hymen?
Ach, du auch weißt am Ende nur zu rühmen,
gekrönte Luft, was du uns schön versagst.

Lass dir, daß Kindheit war, diese namenlose
Treue der Himmlischen, nicht widerrufen
                    vom Schicksal,
selbst den Gefangenen noch, der finster im
                    Kerker verdirbt,
hat sie heimlich versorgt bis ans Ende. Denn zeitlos
hält sie das Herz. Selbst den Kranken,
wenn er starrt und versteht, und schon giebt ihm das
                    Zimmer nicht mehr
Antwort, weil es ein heilbares ist –, heilbar
liegen seine Dinge um ihn, die fiebernden, mit-krank,
aber noch heilbar, um den Verlorenen –: *ihm* selbst
fruchtet die Kindheit. Reinlich
in der verfallnen Natur hält sie ihr herzliches Beet.

Nicht, daß sie harmlos sei. Der behübschende Irrtum,
der sie verschürzt und berüscht, hat nur vergänglich
                    getäuscht.
Nicht ist sie sichrer als wir und niemals geschonter;
keiner der Göttlichen wiegt ihr Gewicht auf. Schutzlos
ist sie wie wir, wie Tiere im Winter, schutzlos.
Schutzloser: denn sie erkennt die Verstecke nicht.
                    Schutzlos,
so als wäre sie selber das Drohende. Schutzlos
wie ein Brand, wie ein Ries', wie ein Gift,
                    wie was umgeht
nachts, im verdächtigen Haus, bei verriegelter Tür.

Denn wer begriffe nicht, daß die Hände der Hütung
lügen, die schützenden –, selber gefährdet.
                    Wer *darf* denn?

Ich!
- Welches Ich?
Ich, Mutter, ich *darf*. Ich war
Vor-Welt.
Mir hats die Erde vertraut, wie sie's treibt mit dem Keim,
daß er heil sei. Abende, o, des Vertrauens, wir regneten
beide,
still und aprilen, die Erde und ich, in den Schooß uns.
Männlicher! ach, wer beweist dir die trächtige Eintracht,
die wir uns fühlten. *Dir* wird die Stille im Weltall
niemals verkündet, wie sie sich schließt um ein
Wachstum. –

Großmut der Mütter. Stimme der Stillenden. Dennoch!
Was du da nennst, das *ist* die Gefahr, die *ganze*
reine Gefährdung der Welt –, und so schlägt sie in
Schutz um,
wie du sie völlig erfühlst. Das innige Kindsein
steht wie die Mitte in ihr. Sie *aus*-fürchtend, furchtlos.

Aber die Angst! Sie erlernt sich auf einmal im Abschluß,
den das Menschliche schafft, das *un*dichte. Zugluft,
zuckt sie herein durch die Fugen. Da ist sie. Vom Rücken
huscht sie es an überm Spielen, das Kind, und zischelt
Zwietracht ins Blut –, die raschen Verdachte, es würde
immer ein Teil nur, später, ergreiflich sein, immer
irgend ein Stück, fünf Stücke, nicht einmal
alle verbindbar, des Daseins, und alle zerbrechlich.
Und schon spaltet sie an, im Rückgrat, des Willens

Gerte, daß sie gegabelt, ein zweifelnder Ast am
Judas-Baume der Auswahl, wachsend verholze.
....
....

SOLANG du Selbstgeworfnes fängst, ist alles
Geschicklichkeit und läßlicher Gewinn –;
erst wenn du plötzlich Fänger wirst des Balles,
den eine ewige Mit-Spielerin
dir zuwarf, deiner Mitte, in genau
gekonntem Schwung, in einem jener Bögen
aus Gottes großem Brücken-Bau:
erst dann ist Fangen-Können ein Vermögen, –
nicht deines, einer Welt. Und wenn du gar
zurückzuwerfen Kraft und Mut besäßest,
nein, wunderbarer: Mut und Kraft vergäßest
und schon geworfen *hättest* . . . . . (wie das Jahr
die Vögel wirft, die Wandervogelschwärme,
die eine ältre einer jungen Wärme
hinüberschleudert über Meere –) erst
in diesem Wagnis spielst du gültig mit.
Erleichterst dir den Wurf nicht mehr; erschwerst
dir ihn nicht mehr. Aus deinen Händen tritt
das Meteor und rast in seine Räume . . .

⟨KLEINER GEDICHTKREIS
MIT DER VIGNETTE:
IN LAUB AUSSCHLAGENDE LEYER⟩

⟨I⟩
Über die Quelle geneigt,
ach, wie schweigt Narziß;
und in den Wäldern schweigt
schweifende Artemis.

O welches wehe Los:
reden trotzdem;
flüstert man liebend bloß,
hörts Polyphem.

Aber ein Mund, ein Mund –,
einer, der singt und spricht ...
dürft ich nur hören und
wäre es nicht ...

⟨II⟩
O wer die Leyer sich brach,
sag mir aus welchem Geäst
bog er sie, schlug sie und sprach
was ihn verläßt?

Gab ihr die Hörnergestalt,
wie der Gazelle geraubt;
trat dann allein aus dem Wald –
wo ist das Haupt?

Wie ist sie weiblich, wie
schwingt sie den Hüftenschwung.
Wie ist er hart gegen sie.
Wie ist sie jung.

⟨III⟩
TÖPFER, nun tröste, treib
treib deiner Scheibe Lauf!
Mir gehts in Hauchen auf,
du formst den Leib.

Wär ich wie Du! Ich spür
wie ich da säß....
Was ist sie?... Zeichnung für
..... ein ... Gefäß?

Diese? die Leyer? – So
dreh mir den Trug;
wenn auch aus Schleier, oh!
wird's doch ein Krug.

...WANN wird, wann wird, wann wird es genügen
das Klagen und Sagen? Waren nicht Meister im Fügen
menschlicher Worte gekommen? Warum
       die neuen Versuche?

Sind nicht, sind nicht, sind nicht vom Buche
die Menschen geschlagen wie von fortwährender Glocke?

Wenn dir, zwischen zwei Büchern, schweigender
                       Himmel erscheint: frohlocke ...,
oder ein Ausschnitt einfacher Erde im Abend.

Mehr als die Stürme, mehr als die Meere haben
die Menschen geschrieen ... Welche Übergewichte
                             von Stille
müssen im Weltraum wohnen, da uns die Grille
hörbar blieb, uns schreienden Menschen. Da uns
                              die Sterne
schweigende scheinen, im angeschrieenen Äther!

Redeten uns die fernsten, die alten und ältesten Väter!
Und wir: Hörende endlich! Die ersten hörenden
                              Menschen.

SONETT

O DAS Neue, Freunde, ist nicht dies,
daß Maschinen uns die Hand verdrängen.
Laßt euch nicht beirrn von Übergängen,
bald wird schweigen, wer das ›Neue‹ pries.

Denn das Ganze ist unendlich neuer,
als ein Kabel und ein hohes Haus.
Seht, die Sterne sind ein altes Feuer,
und die neuern Feuer löschen aus.

Glaubt nicht, daß die längsten Transmissionen
schon des Künftigen Räder drehn.
Denn Aeonen reden mit Aeonen.

Mehr, als wir erfuhren, ist geschehn.
Und die Zukunft faßt das Allerfernste
rein in eins mit unserm innern Ernste.

Aus dem Umkreis der Sonette an Orpheus

GEGEN-STROPHEN

OH, daß ihr hier, Frauen, einhergeht,
hier unter uns, leidvoll,
nicht geschonter als wir und dennoch imstande,
selig zu machen wie Selige.

Woher,
wenn der Geliebte erscheint,
nehmt ihr die Zukunft?
Mehr, als je sein wird.
Wer die Entfernungen weiß
bis zum äußersten Fixstern,
staunt, wenn er diesen gewahrt,
euern herrlichen Herzraum.
Wie, im Gedräng, spart ihr ihn aus?
Ihr, voll Quellen und Nacht.

Seid ihr wirklich die gleichen,
die, da ihr Kind wart,
unwirsch im Schulgang
anstieß der ältere Bruder?
Ihr Heilen.

> Wo wir als Kinder uns schon
> häßlich für immer verzerrn,
> wart ihr wie Brot vor der Wandlung.

Abbruch der Kindheit
war euch nicht Schaden. Auf einmal
standet ihr da, wie im Gott
plötzlich zum Wunder ergänzt.

> Wir, wie gebrochen vom Berg,
> oft schon als Knaben scharf
> an den Rändern, vielleicht
> manchmal glücklich behaun;
> wir, wie Stücke Gesteins,
> über Blumen gestürzt.

Blumen des tieferen Erdreichs,
von allen Wurzeln geliebte,
ihr, der Eurydike Schwestern,
immer voll heiliger Umkehr
hinter dem steigenden Mann.

> Wir, von uns selber gekränkt,
> Kränkende gern und gern
> Wiedergekränkte aus Not.
> Wir, wie Waffen, dem Zorn
> neben den Schlaf gelegt.

Ihr, die ihr beinah Schutz seid, wo niemand
schützt. Wie ein schattiger Schlafbaum

ist der Gedanke an euch
für die Schwärme des Einsamen.

W<small>IR</small>, in den ringenden Nächten,
wir fallen von Nähe zu Nähe;
und wo die Liebende taut,
sind wir ein stürzender Stein.

VASEN-BILD
(Toten-Mahl)

S<small>IEH</small>, wie unsre Schalen sich durchdringen
ohne Klirrn. Und Wein geht durch den Wein
wie der Mond durch seinen Widerschein
im Gewölk. Oh stilles Weltverbringen . . .
Und der leichte Nicht-Klang spielt wie ein
Schmetterling mit andern Schmetterlingen,
welche tanzen um den warmen Stein.

Blinder Bissen wölbt sich ohne Gröbe,
doch, genährt mit nichts wie die Amöbe,
ließ ich, auch wenn ich ihn näher höbe,
jenen Abstand dauern von vorhin;
und das einzige, das mich selbst verschöbe,
ist der Schritt der Tänzerin.

MANCHEN ist sie wie Wein, der das Glänzen des Glases
herrlich hinzunimmt in sein innres Geleucht,
andere atmen sie ein wie die Blüte des Grases,
oder sie schwindet vor ihnen, verfolgt und verscheucht.

Vielen erneut sie das heimliche Hören und steigert
jeden Anklang an sie der geklärten Natur.
Schmähe sie keiner, dem sie sich scheinbar verweigert,
der nur den Raum ihrer Wohnung erfuhr;

ja nur das Tor, den Bogen, den plötzlich bekränzten,
ja nur den Weg, von dessen Biegung es heißt,
daß sie die letzte sei vor dem immerbeglänzten
Haus, wo die Herzen, getränkt und gespeist,

stark sind und sicher. Wo sie das *sind*, was sie meinten,
wenn sie verlangten nach Tag und Ertrag
und aus langen, verlorenen oder verweinten
Nächten aufschlugen mit schrecklichem Schlag.

Denn auch jene, nichts als sich Sehnenden leisten,
nur unscheinbar verteilter, den ganzen Bezug;
ihre stark glänzenden Herzen umkreisten
Welten aus Nacht in vollendetem Bug.

NEIGUNG: wahrhaftes Wort! Daß wir *jede* empfänden,
nicht nur die neuste, die uns ein Herz noch verschweigt;
wo sich ein Hügel langsam, mit sanften Geländen

zu der empfänglichen Wiese neigt,
sei es nicht weniger *unser*, sei uns vermehrlich;
oder des Vogels reichlicher Flug
schenke uns Herzraum, mache uns Zukunft [entbehrlich.
Alles ist Überfluß. Denn genug
war es schon damals, als uns die Kindheit bestürzte
mit unendlichem Dasein. Damals schon
war es zuviel. Wie könnten wir jemals Verkürzte
oder Betrogene sein: wir mit jeglichem Lohn
längst Überlohnten ...

. . . .

DER REISENDE

Auf einer Reise geschrieben, für den aus unerschöpflichem
Vertrauen mitwirkenden Freund so vieler Jahre,
Wege und Wandlungen

WIE sind sie klein in der Landschaft, die beiden,
die sich gegenseitig mit dem bekleiden,
das sie mit zärtlichen Händen weben;
und der Zug, der nicht Zeit hat, zu unterscheiden,
wirft einen Wind von Meineiden
über diese unendlichen Leben.
Ach das Vorbei, das Vorbei der zahllosen Züge,
und die Wiesen wie widerrufen;
Abschiede streifen die Straßen und Stufen,
wo noch eben in heiler Genüge
Menschen sich halten. Wer sie doch größer
machte, mindestens wie die Gebäude,

diese einander Freude-Einflößer,
diese offenen Opfer der Freude.

Kenn ich sie nicht, diese innig Beschwingten,
die von den plötzlich unbedingten
Herzen in endlose Räume gerissen,
schweben –,
oder die eben
von der gemeinsamen Wasserscheide
niedergleiten ins Weiche der Täler?
War ich nicht immer ihr leiser Erzähler?
Bin ich nicht einer? Bin ich nicht beide?
Bin ich nicht täglich ihr Aufstehn zum Ganzen,
ihr unsäglich reines Beginnen
und das kleine Besinnen mitten im Tanzen,
das sie vergessen?

Laß uns an ihnen langsam ermessen,
was ein Grab ist, ein Grab in der Erde
und die Beschwerde dessen,
was unterm Fuß war, nun überm Herzen für immer.
Schlimmer kann es nicht kommen. Aber auch an
Gräbern fahren die Züge vorüber, [den bangen
und Über des Lebens
stehn unbefangen
an zitternden Fenstern.
                        Nach welchen Klimaten
ziehn wir im Reisen? Wer giebt uns den Wink?
Woher wissen wir, daß die Stete verging,
und lassen uns plötzlich weiterweisen

von Ding zu Ding?
Wer wirft unser Herz vor uns her, und wir jagen
dieses köstliche Herz, das wir nur in der Kindheit
das *uns* seither trug.   [ertragen,
(Aber wer war ihm Flug genug?)

Wie sehn sie die Landschaft, die rascheren hohen
Herzen, die uns im Schwung übertrafen,
diese Landschaft aus trüben und frohen
Blicken und Schlafen.
Wie mag sie den freien
Herzen erscheinen, die sich entzweien
von unserem Zögern...
                      Wie sehn sie die Häuser,
wie jene Gräber und wie die zu kleinen
Gestalten der Liebenden, abseits, –
wie aber die Bücher, die von dem Winde der Sehnsucht
aufgeschlagenen Bücher der Einsamen?

IMAGINÄRER LEBENSLAUF

Erst eine Kindheit, grenzenlos und ohne
Verzicht und Ziel. O unbewußte Lust.
Auf einmal Schrecken, Schranke, Schule, Frohne
und Absturz in Versuchung und Verlust.

Trotz. Der Gebogene wird selber Bieger
und rächt an anderen, daß er erlag.

Geliebt, gefürchtet, Retter, Ringer, Sieger
und Überwinder, Schlag auf Schlag.

Und dann allein im Weiten, Leichten, Kalten.
Doch tief in der errichteten Gestalt
ein Atemholen nach dem Ersten, Alten...

Da stürzte Gott aus seinem Hinterhalt.

ZWEI GEDICHTE
(Für E. S.)

⟨I⟩
Ex Voto

WELCHES, unter dein Bild, heft ich der Glieder, der kranken,
Schweigende du, die ich lang, die ich langsam beschwor?
Häng ich die Hände dir hin, die vom Herzen mir sanken,
oder selber das Herz, das diese Hände verlor?

Heilest du mir meinen Fuß, der zu der armen Kapelle
schmerzhaft die Wege vollzog? Willst du mein
         knieendes Knie?
Weiß ich denn, was mir geschah? – Es verschlang mich
         die Welle,
oder ein Feuer ging um und war größer als sie.

Oder war es der Blitz? Oder fiel ich vom Wagen?
Drang ein Gift in mich ein, oder stieß mich ein Tier?
Hat die Erde an mich –, hab ich an die Erde geschlagen?
Nimm mich ganz an dein Bild: Vielleicht siehst du's an mir.

⟨II⟩
Tränenkrüglein

ANDERE fassen den Wein, andere fassen die Öle
in dem gehöhlten Gewölb, das ihre Wandung umschrieb.
Ich, als ein kleineres Maß, und als schlankestes, höhle
mich einem andern Bedarf, stürzenden Tränen zulieb.

Wein wird reicher, und Öl klärt sich noch weiter
                                      im Kruge.
Was mit den Tränen geschieht? – Sie machten
                                      mich schwer,
machten mich blinder und machten mich schillern
                                      am Buge,
machten mich brüchig zuletzt und machten mich leer.

WIR sind nur Mund. Wer singt das ferne Herz,
das heil inmitten aller Dinge weilt?
Sein großer Schlag ist in uns eingeteilt
in kleine Schläge. Und sein großer Schmerz
ist, wie sein großer Jubel, uns zu groß.
So reißen wir uns immer wieder los
und sind nur Mund. Aber auf einmal bricht
der große Herzschlag heimlich in uns ein,
so daß wir schrein –,
und sind dann Wesen, Wandlung und Gesicht.

SIEBEN ENTWÜRFE AUS DEM WALLIS
oder
DAS KLEINE WEINJAHR

*Geschrieben für den Freund und Gast-Freund,
als ein kleiner weihnachtlicher Ertrag seines
Schloß-Gutes zu Muzot
(1923)*

⟨1⟩
*LE souvenir de la neige
d'un jour à l'autre s'efface;
la terre blonde et beige
réapparaît à sa place.*

*Une bêche alerte
déjà (écoute!) opère;
on se rappelle que verte
est la couleur qu'on préfère.*

*Sur les coteaux on aligne
tantôt un tendre treillage;
donnez la main à la vigne
qui vous connaît et s'engage.*

⟨2⟩
DUMPFE Erde: wie hieß es, ihr jeden
Stein entringen als wie aus Fäusten;
aber die raschesten kamen, die neusten
Wasser kamen sie überreden.

Redeten zu aus der drängendsten Nähe,
nannten sie ausgeruht, nannten sie gut,
kühlten das Zornige, lösten das Zähe,
machten sie willig und wohlgemut.

Und nun sieh, wie die Wege umschwingen,
was da gelang: wie das Band einen Hut.
Leise gedeiht das gelockte Gelingen,
von zustimmenden Himmeln umruht.

⟨3⟩
Wie er spart, der Wein. Kaum glüht die Blüte.
Nur ein Zukunftsduft wird leise frei.
So, als ob das Erdreich, das bemühte,
abergläubisch im Versprechen sei.

Wie der Künstler nicht, was ihm gelänge,
seinem Werk voraus versprechen mag, –
halten sich die überglückten Hänge
schräg und träge in den reinen Tag.

⟨4⟩
So wie Jakob mit dem Engel rang
ringt der Weinstock mit dem Sonnen-Riesen,
diesen großen Sommertag und diesen
Tag im Herbst, bis an den Untergang.

Der gelockte schöne Weinstock ringt.
Aber abends, langsam losgelassen,

fühlt er, wie aus dem Herüberfassen
jener Arme ihn die Kraft durchdringt,

wider die er, wie ein Knabe, drängte;
ganz gemischt mit seinem Widerstand,
wird sie nun in ihm das Unumschränkte...
Und der Sieg bleibt rein und unerkannt.

⟨5⟩
. . . .
LÄCHELN..., beinah Gesicht
dieser gelockten Gelände.
Leiber aus Trauben, grüne
Hände,   die blättern im Licht.

Als wär ein göttliches Bild
vergraben unter den Reben,
um sich zu geben   durch Masken,
verteilt und gewillt.....

⟨6⟩
WEINBERGTERRASSEN, wie Manuale:
Sonnenanschlag den ganzen Tag.
Dann von der gebenden Rebe zur Schale
überklingender Übertrag.

Schließlich Gehör in empfangenden Munden
für den vollendeten Traubenton.
Wovon ward die tragende Landschaft entbunden?
Fühl ich die Tochter? Erkenn ich den Sohn?

⟨7⟩
COMME aux Saintes-Maries, là-bas,
dans l'indescriptible tourmente,
celui qui d'un coup se vante
d'être guéri, s'en va,
jetant sa béquille ardente:
ainsi la vigne, absente
a jeté ses échalas.

Tant de béquilles qui gisent
grises sur la terre grise;
le miracle est donc accompli?

Où est-elle, la vigne? Elle marche,
elle danse sans doute devant l'arche . . .

Heureux ceux qui l'auront suivie!

DIE FRUCHT

DAS stieg zu ihr aus Erde, stieg und stieg,
und war verschwiegen in dem stillen Stamme
und wurde in der klaren Blüte Flamme,
bis es sich wiederum verschwieg.

Und fruchtete durch eines Sommers Länge
in dem bei Nacht und Tag bemühten Baum,
und kannte sich als kommendes Gedränge
wider den teilnahmsvollen Raum.

Und wenn es jetzt im rundenden Ovale
mit seiner vollgewordnen Ruhe prunkt,
stürzt es, verzichtend, innen in der Schale
zurück in seinen Mittelpunkt.

DAS FÜLLHORN
Geschrieben für Hugo von Hofmannsthal

SCHWUNG und Form des gebendsten Gefäßes,
an der Göttin Schulter angelehnt;
unsrer Fassung immer ungemäßes,
doch von unsrem Sehnen ausgedehnt –:

in der Tiefe seiner Windung faßt es
aller Reife die Gestalt und Wucht,
und das Herz des allerreinsten Gastes
wäre Form dem Ausguß solcher Frucht.

Obenauf der Blüten leichte Schenkung,
noch von ihrer ersten Frühe kühl,
alle kaum beweisbar, wie Erdenkung,
und vorhanden, wie Gefühl...

Soll die Göttin ihren Vorrat schütten
auf die Herzen, die er überfüllt,
auf die vielen Häuser, auf die Hütten,
auf die Wege, wo das Wandern gült?

Nein, sie steht in Überlebensgröße
hoch, mit ihrem Horn voll Übermaß.
Nur das Wasser unten geht, als flöße
es ihr Geben in Gewächs und Gras.

DER MAGIER

Er ruft es an. Es schrickt zusamm und steht.
Was steht? Das Andre; alles, was nicht er ist,
wird Wesen. Und das ganze Wesen dreht
ein raschgemachtes Antlitz her, das mehr ist.

Oh Magier, halt aus, halt aus, halt aus!
Schaff Gleichgewicht. Steh ruhig auf der Waage,
damit sie einerseits dich und das Haus
und drüben jenes Angewachsne trage.

Entscheidung fällt. Die Bindung stellt sich her.
Er weiß, der Anruf überwog das Weigern.
Doch sein Gesicht, wie mit gedeckten Zeigern,
hat Mitternacht. Gebunden ist auch er.

⟨ENTWÜRFE AUS ZWEI WINTERABENDEN⟩

*Anton Kippenberg in Freundschaft
zugewendet zum 22. Mai 1924*

Prélude

Warum, auf einmal, seh ich die gerahmte
Park-Quelle unterm Ulmen-Dach?
Das Wasser in dem alten Rande ahmte
dem Hintergrund in Bildnissen nach.

Es zog mich hin. Sah ich vielleicht davor
die Möglichkeit des sanftesten Ovals?
War es die Hoffnung eines Kaschmirshawls,
die ich ans Blätterspiegelbild verlor?

Wer weiß es jetzt, da Jugend nicht mehr täuscht?
Wieviele Griffe in das Leere
hat reines Wasser wunderbar verkeuscht
und glänzt noch jetzt herauf, daß es den Traum
                              vermehre.

I

Nichts blieb so schön. Ich war damals zu klein.
Ein Nachmittag. Sie wollten plötzlich tanzen
und rollten rasch den alten Teppich ein.
(Was für ein Schimmer liegt noch auf dem Ganzen.)

Sie tanzte dann. Man sah nur sie allein.
Und manchesmal verlor man sie sogar,

weil ihr Geruch die Welt geworden war,
in der man unterging. Ich war zu klein.

Wann aber war ich jemals groß genug,
um solchen Duftes Herr zu sein?
Um aus dem unbeschreiblichen Bezug
herauszufallen wie ein Stein? –

Nein, dies blieb schön! Ihr blumiger Geruch
in diesem Gartensaal an jenem Tag.
Wie ist er heil. Nie kam ein Widerspruch.
Wie ist er mein. Unendlicher Ertrag.

—

Dies ist Besitz: daß uns vorüberflog
die Möglichkeit des Glücks. Nein, nicht einmal.
Un-Möglichkeit sogar; nur ein Vermuten,
daß dieser Sommer, dieser Gartensaal, –
daß die Musik hinklingender Minuten
unschuldig war, da sie uns rein betrog.

Du, schon Erwachsene, wie denk ich dein.
Nicht mehr wie einst, als ein bestürztes Kind,
nun, beinah wie ein Gott, in seiner Freude.
Wenn solche Stunden unvergänglich sind,
was dürfte dann das Leben für Gebäude
in uns errichten aus Geruch und Schein.

—

ALLES ist mir lieb, die Sommersprossen
und die Spange, die den Ärmel schloß;
oh wie unerhört und unverflossen
blieb die Süßigkeit, drin nichts verdroß.

Taumelnd stand ich, in mir hingerissen
von des eignen Herzens Überfluß,
in den kleinen Fingern, halbzerbissen,
eine Blüte des Konvolvulus. –

Oh wie will das Leben übersteigern,
was es damals, schon erblüht, beging,
als es von dem eigenen Verweigern
wie von Gartenmauern niederhing.

—

NEIN, ich vergesse dich nicht,
    was ich auch werde,
liebliches zeitiges Licht,
    Erstling der Erde.

Alles, was du versprachst,
    hat sie gehalten,
seit du das Herz mir erbrachst
    ohne Gewalten.

Flüchtigste frühste Figur,
    die ich gewahrte:
nur weil ich Stärke erfuhr,
    rühm ich das Zarte.

—

DASS ich die Früchte beschrieb,
kams vielleicht durch dein Bücken
zum Erdbeerbeet;
und wenn keine Blume in mir vergeht,
ist es vielleicht, weil Freude dich trieb,
eine zu pflücken?

Ich weiß, wie du liefst,
und plötzlich, du Atemlose,
warst du wartend mir zugewandt.
Ich saß bei dir, da du schliefst;
deine linke Hand
lag wie eine Rose.

—

ENTGING ich je deinem frühen Bereich?
Bist du mir nicht auf allen Wegen
noch immer voraus und überlegen;
wann werden wir gleich?

Du warst so recht, daß nicht einmal die Mode
an deinem Kleide mich beirrt.
Wie mir dein Flüchten gehört . . . . . Wird
es hinschwinden in meinem Tode?

Oder werf ich in die Natur,
als meines Untergangs Widerlegung
deinen Einfluß zurück? die lange Erregung
auf deiner Spur?

—

Auch dies ist möglich: zu sagen: Nein.
Und stolz bei den Knaben zu bleiben;
statt eines Mädchens Widerschein
in sich zu übertreiben.

Sind die Jünglinge später vergleichbar
einer so sanften Gewalt?
Ach, auch der Freund bleibt im Hinterhalt,
rein unerreichbar.

Übe dich schweigend am Zarten und Harten.
Manche, die dir leise begegnen,
werden dich segnen, wider Erwarten.
Werden dich segnen.

*

II

Wie geschah es? Es gelang zu lieben,
da noch in der Schule nichts gelang!
Das Unendliche bleibt unbeschrieben
zwischen Auf- und Niedergang.

Heimlich hat es sich in *dem* vollzogen,
dessen Mund nicht mündig war;
doch das Herz beging den großen Bogen
um das namenlose Liebesjahr.

Was war Mahlzeit, Schule, Ballspiel, Strafe,
was war Wachen, was war Schlaf?

da in jäh geordneter Oktave
aller Zukunft Klang zusammentraf.

—

Oh so war es damals schon genossen,
und das Herz nahm überhand, –
während noch das Leben unentschlossen
um die Knabenspiele stand.

Damals ward ihm Übermaß gegeben,
damals schon entschied sich sein Gewinn;
ihn zu messen, später, war das Leben, –
ihn zu fassen, reichte hin.

Denn der Gott, der Partnerin verschwiegen,
fühlte sich in diesem Kinde ganz,
da er in des Knaben Unterliegen
gründete das Überstehn des Manns.

*   *
  *

IRRLICHTER

Wir haben einen alten Verkehr
mit den Lichtern im Moor.
Sie kommen mir wie Großtanten vor...
Ich entdecke mehr und mehr

zwischen ihnen und mir den Familienzug,
den keine Gewalt unterdrückt:

diesen Schwung, diesen Sprung, diesen Ruck,
der den andern nicht glückt.   [diesen Bug,

Auch ich bin dort, wo die Wege nicht gehn,
im Schwaden, den mancher mied,
und ich habe mich oft verlöschen sehn
unter dem Augenlid.

DA dich das geflügelte Entzücken
über manchen frühen Abgrund trug,
baue jetzt der unerhörten Brücken
kühn berechenbaren Bug.

Wunder ist nicht nur im unerklärten
Überstehen der Gefahr;
erst in einer klaren reingewährten
Leistung wird das Wunder wunderbar.

Mitzuwirken ist nicht Überhebung
an dem unbeschreiblichen Bezug,
immer inniger wird die Verwebung,
nur Getragensein ist nicht genug.

Deine ausgeübten Kräfte spanne,
bis sie reichen, zwischen zwein
Widersprüchen ... Denn im Manne
will der Gott beraten sein.

EROS

MASKEN! Masken! Daß man Eros blende.
Wer erträgt sein strahlendes Gesicht,
wenn er wie die Sommersonnenwende
frühlingliches Vorspiel unterbricht.

Wie es unversehens im Geplauder
anders wird und ernsthaft... Etwas schrie...
Und er wirft den namenlosen Schauder
wie ein Tempelinnres über sie.

Oh verloren, plötzlich, oh verloren!
Göttliche umarmen schnell.
Leben wand sich, Schicksal ward geboren.
Und im Innern weint ein Quell.

VORFRÜHLING

HÄRTE schwand. Auf einmal legt sich Schonung
an der Wiesen aufgedecktes Grau.
Kleine Wasser ändern die Betonung.
Zärtlichkeiten, ungenau,

greifen nach der Erde aus dem Raum.
Wege gehen weit ins Land und zeigens.
Unvermutet siehst du seines Steigens
Ausdruck in dem leeren Baum.

VERGÄNGLICHKEIT

Flugsand der Stunden. Leise fortwährende Schwindung
auch noch des glücklich gesegneten Baus.
Leben weht immer. Schon ragen ohne Verbindung
die nicht mehr tragenden Säulen heraus.

Aber Verfall: ist er trauriger, als der Fontäne
Rückkehr zum Spiegel, den sie mit Schimmer bestaubt?
Halten wir uns dem Wandel zwischen die Zähne,
daß er uns völlig begreift in sein schauendes Haupt.

Götter schreiten vielleicht   immer im gleichen
   wo unser Himmel beginnt;   [Gewähren,
wie in Gedanken erreicht   unsere schwereren Ähren,
   sanft sie wendend, ihr Wind.

Wer sie zu fühlen vergaß,   leistet nicht ganz die
   dennoch haben sie teil.   [Verzichtung:
Schweigsam, einfach und heil   legt sich an seine
   plötzlich ihr anderes Maß.   [Errichtung

      Ach, wie ihr heimlich vergeht!
      Wer hat es verstanden,
      daß ihr den Nachen gedreht
      ohne zu landen?

Keiner erfaßt es. Wo singt
rühmend ein Mund?
Alles vertaucht und ertrinkt,
drängt sich am Grund.

Drüberhin treibt uns der Schwung,
wie das Gefäll ihn leiht...
Nichtmal zur Spiegelung
bleibt uns Zeit.

Schon kehrt der Saft aus jener Allgemeinheit,
die dunkel in den Wurzeln sich erneut,
zurück ans Licht und speist die grüne Reinheit,
die unter Rinden noch die Winde scheut.

Die Innenseite der Natur belebt sich,
verheimlichend ein neues Freuet-Euch;
und eines ganzen Jahres Jugend hebt sich,
unkenntlich noch, ins starrende Gesträuch.

Des alten Nußbaums rühmliche Gestaltung
füllt sich mit Zukunft, außen grau und kühl;
doch junges Buschwerk zittert vor Verhaltung
unter der kleinen Vögel Vorgefühl.

SPAZIERGANG

SCHON ist mein Blick am Hügel, dem besonnten,
dem Wege, den ich kaum begann, voran.
So faßt uns das, was wir nicht fassen konnten,
voller Erscheinung, aus der Ferne an –

und wandelt uns, auch wenn wirs nicht erreichen,
in jenes, das wir, kaum es ahnend, sind;
ein Zeichen weht, erwidernd unserm Zeichen...
Wir aber spüren nur den Gegenwind.

ZUM GEDÄCHTNIS AN GÖTZ VON SECKENDORF
UND BERNHARD VON DER MARWITZ /
GESCHRIEBEN FÜR JOACHIM VON WINTERFELDT

UNANGEMESSEN traf der Wink des Geistes
das Herz, das unwillkürlich widerstand.
Aber der starke Geist befahl: du weißt es!
und überwältigte die frühe Hand.

O das Gehorchen derer, die nicht lange
verweilen unter uns, wie ist es rein.
Sie leihen sich von ihrem Untergange
die kühne Mühe, sich voraus zu sein.

Nun neige sich Geliebte oder Schwester
über das Grab, wenn es dem Schnee entbräunt,
und fasse, im Gefühl des Frühlings, fester

den, den es deckt. Doch keiner wie der Freund
begreift zugleich die tiefe Überlebung.
Und seine Trauer schenkt ihn der Erhebung.

QUELLEN, sie münden herauf,
beinah zu eilig.
Was treibt aus Gründen herauf,
heiter und heilig?

Läßt dort im Edelstein
Glanz sich bereiten,
um uns am Wiesenrain
schlicht zu begleiten.

Wir, was erwidern wir
solcher Gebärde?
Ach, wie zergliedern wir
Wasser und Erde!

FRÜHLING
für Katharina Kippenberg

NICHT so sehr der neue Schimmer tats,
daß wir meinen, Frühling mitzuwissen,
als ein Spiel von sanften Schattenrissen
auf der Klärung eines Gartenpfads.

Schatten eignet uns den Garten an.
Blätterschatten lindert unsern Schrecken,
wenn wir in der Wandlung, die begann,
uns schon vorverwandelter entdecken.

. . . .

Wie sich die gestern noch stummen
Räume der Erde vertonen;
nun voller Singen und Summen:
Rufen und Antwort will wohnen.
. . . .

Wasser berauschen das Land.
Ein atemlos trinkender Frühling
taumelt geblendet ins Grün
und stößt seiner Trunkenheit Atem
aus den Munden der Blust.

Tagsüber üben die Nachtigalln
ihres Fühlens Entzückung
und ihre Übermacht
über den nüchternen Stern.

Schon bricht das Glück, verhalten viel zu lang,
höher hervor und überfüllt die Wiese;

der Sommer fühlt schon, der sich streckt, der Riese,
im alten Nußbaum seiner Jugend Drang.

Die leichten Blüten waren bald verstreut,
das ernstre Grün tritt handelnd in die Bäume,
und, rund um sie, wie wölbten sich die Räume,
und wieviel morgen war von heut zu heut.

Weisst du noch: fallende Sterne, die
quer wie Pferde durch die Himmel sprangen
über plötzlich hingehaltne Stangen
unsrer Wünsche – hatten wir so viele? –
denn es sprangen Sterne, ungezählt;
fast ein jeder Aufblick war vermählt
mit dem raschen Wagnis ihrer Spiele,
und das Herz empfand sich als ein Ganzes
unter diesen Trümmern ihres Glanzes
und war heil, als überstünd es sie!

WILDER ROSENBUSCH

Wie steht er da vor den Verdunkelungen
des Regenabends, jung und rein;
in seinen Ranken schenkend ausgeschwungen
und doch versunken in sein Rose-sein;

die flachen Blüten, da und dort schon offen,
jegliche ungewollt und ungepflegt:
so, von sich selbst unendlich übertroffen
und unbeschreiblich aus sich selbst erregt,

ruft er dem Wandrer, der in abendlicher
Nachdenklichkeit den Weg vorüberkommt:
Oh sieh mich stehn, sieh her, was bin ich sicher
und unbeschützt und habe was mir frommt.

Noch fast gleichgültig ist dieses Mit-dir-sein ...
Doch über ein Jahr schon, Erwachsenere, kann es
     vielleicht dem Einen,
der dich gewahrt, unendlich bedeuten:
Mit dir sein!

Ist Zeit nichts? Auf einmal kommt doch durch sie
dein Wunder. Daß diese Arme,
gestern dir selber fast lästig, einem,
den du nicht kennst, plötzlich Heimat
versprechen, die er nicht kannte. Heimat und Zukunft.

Daß er zu ihnen, wie nach Sankt-Jago di Compostella,
den härtesten Weg gehen will, lange,
alles verlassend. Daß ihn die Richtung
zu dir ergreift. Allein schon die Richtung
scheint ihm das Meiste. Er wagt kaum,
jemals ein Herz zu enthalten, das ankommt.

Gewölbter auf einmal, verdrängt deine heitere Brust
ein wenig mehr Mailuft: dies wird sein Atem sein,
dieses Verdrängte, das nach dir duftet.

AN der sonngewohnten Straße, in dem
hohlen halben Baumstamm, der seit lange
Trog ward, eine Oberfläche Wasser
in sich leis erneuernd, still' ich meinen
Durst: des Wassers Heiterkeit und Herkunft
in mich nehmend durch die Handgelenke.
Trinken schiene mir zu viel, zu deutlich;
aber diese wartende Gebärde
holt mir helles Wasser ins Bewußtsein.

Also, kämst du, braucht ich, mich zu stillen,
nur ein leichtes Anruhn meiner Hände,
sei's an deiner Schulter junge Rundung,
sei es an den Andrang deiner Brüste.

MÄDCHEN ordnen dem lockigen
Gott seinen Rebenhang;
Ziegen stocken, die bockigen,
Weinbergmauern entlang.

Amsel formt ihren Lock-Ruf rund,
daß er rollt in den Raum;

Glück der Wiesen wird Hintergrund
für den glücklichen Baum.

Wasser verbinden, was abgetrennt
drängt ins verständigte Sein,
mischen in alles ein Element
flüssigen Himmels hinein.

Heitres Geschenk von den kältern
Bergen
versucht in den Juni den Sprung;
blinkend in Bach und Behältern
drängt sich Erneuerung.

Überall unter verstaubten
Büschen
lebendiger Wasser Gang;
und wie sie selig behaupten,
Gehn sei Gesang.

Durch den sich Vögel werfen, ist nicht der
vertraute Raum, der die Gestalt dir steigert.
(Im Freien, dorten, bist du dir verweigert
und schwindest weiter ohne Wiederkehr.)

Raum greift aus uns und übersetzt die Dinge:
daß dir das Dasein eines Baums gelinge,
wirf Innenraum um ihn, aus jenem Raum,
der in dir west. Umgieb ihn mit Verhaltung.
Er grenzt sich nicht. Erst in der Eingestaltung
in dein Verzichten wird er wirklich Baum.

Welt war in dem Antlitz der Geliebten –,
aber plötzlich ist sie ausgegossen:
Welt ist draußen, Welt ist nicht zu fassen.

Warum trank ich nicht, da ich es aufhob,
aus dem vollen, dem geliebten Antlitz
Welt, die nah war, duftend meinem Munde?

Ach, ich trank. Wie trank ich unerschöpflich.
Doch auch ich war angefüllt mit zuviel
Welt, und trinkend ging ich selber über.

IM KIRCHHOF ZU RAGAZ
NIEDERGESCHRIEBENES:

I

Falter, über die Kirchhof-Mauer
herübergeworfen vom Wind,
trinkend aus den Blumen der Trauer,
die vielleicht unerschöpflicher sind...

Falter, der das geopferte Blühen,
das nachdenklicher geschieht,
in das unbedingte Bemühen
aller Gärten einbezieht.

II
Toten-Mahl

U‍NSERE Türen schließen sehr fest;
aber die waagrechte Tür,
selbst aus dichtem Porphyr,
läßt
ganz unmerklich zu uns
jene, die schon des Grunds
starke Verwandlung umfaßte:
schwankend und schweigenden Munds
kommen sie langsam zu Gaste...

Decke, Seele, den Tisch,
den sie, in Heimweh, umkreisen,
reiche ihnen die Speisen,
den verschwiegenen Fisch,
den sie berühren im Stehn...
Nichts wird von ihnen vermindert,
alles bleibt heil, doch das hindert
nicht, daß sie grader entgehn.
Sie sind auf Seiten dessen,
was uns vermehrt, unermessen,
brauchen nicht Nahrung und Wein;

doch, daß sie's tastend erkannten,
macht sie uns zu Verwandten, –
und die Speise wird rein
von der nötigen Tötung:
sie verlöschen die Rötung
alles tierischen Bluts.
Schaffen uns Künste der Küche
Lockung und Wohlgerüche,
ihre Reinigung tuts.

III
KENNST du das, daß durch das Laubwerk Scheine
fallen in den Schatten, und es weht...
: wie dann in des fremden Lichtes Reine,
kaum geschaukelt, blau und einzeln, eine
hohe Glockenblume steht:

Also bist du, bei den Toten, immer
in ein ausgespartes Licht gestellt,
langsam schwankend... Andre leiden schlimmer.
Und in deinem unbenutzten Schimmer
spielt der Überfluß der Unterwelt.

IV
WIR könnten wissen. Leider, wir vermeidens;
verstießen lange, was uns nun verstößt.
Befangen in den Formen unsres Leidens,
begreifen wir nicht mehr, wenn Leid sich löst

und *draußen* ist: als blasser Tag um Schemen,
die selber nicht mehr leiden, sondern nur,
gleichmütig mit der schöpfenden Figur,
das Maß des herrenlosen Leidens nehmen.

V

Unstete Waage des Lebens
immer schwankend, wie selten
wagt ein geschicktes Gewicht
anzusagen die immerfort andre
Last gegenüber.

Drüben, die ruhige
Waage des Todes.
Raum auf den beiden
verschwisterten Schalen.
Gleichviel Raum. Und daneben,
ungebraucht,
alle Gewichte des Gleichmuts,
glänzen, geordnet.

VI

So leise wie der Druck von deiner Hand
zuweilen war im freudigsten Begegnen:
so, kaum beruhend, ist den sehr Entlegnen
der Druck der Luft und jeder Gegenstand.

Die Leiber, die aus der Entzweiung heilen,
sind stärker nicht berührend und berührt;

wie Wasser wird ein fließendes Verweilen
durch ihre Schatten durchgeführt.

VII
*Das (nicht vorhandene) Kindergrab
mit dem Ball*

1

V<small>ON</small> diesen Kreuzen keins,
nicht Englein, hölzern und zinnern,
dürften an dich erinnern
als kleines Ein-mal-eins

des Tods, den du selber dir deutest:
sondern, es liege der Ball,
den du, zu werfen, dich freutest,
– einfacher Niederfall –

in einem goldenen Netz
über der tieferen Truhe.
Sein Bogen und, nun, seine Ruhe
befolgen dasselbe Gesetz.

2

D<small>U</small> warsts imstand und warfst ihn weit hinein
in die Natur; sie nahm ihn wie den ihren
und ließ getrost sein Etwas-wärmer-sein
in ihren sichern Räumen sich verlieren.

Dann kam er wieder, himmlisch abgekühlt:
wie hast du, ihm entgegen, froh beklommen,
das Übermaß in seinem Wiederkommen
mit allem Übermaß zugleich gefühlt.

3

Wir werfen dieses Ding, das uns gehört,
in das Gesetz aus unserm dichten Leben,
wo immer wieder Wurf und Sturz sich stört.

Da schwebt es hin und zieht in reinem Strich
die Sehnsucht aus, die wir ihm mitgegeben –,
sieht uns zurückgeblieben, wendet sich
und meint, im Fall, der zunimmt, uns zu heben.

VIII

Das Spiel, da man sich an die Bäume stellt,
um mit einander rasch den Platz zu tauschen:
wars nicht ein letztes Suchen und Belauschen
der einmal innerlich bewohnten Welt?

Sie sprangen fast wie aus den Bäumen vor:
erregte Mädchen in gekreuzter Helle...
Und wer im Wechseln seinen Platz verlor,
der war der Liebesgott und ohne Stelle.

Die Mitte, die nach allen Seiten schreckt,
die Wahl die zuckt, das Zücken aller Schritte –,
und wie von Göttlicherem angesteckt,
war jede innen beides: Baum und Mitte.

IX
STERNE, Schläfer und Geister
sind nicht verbunden genug;
nächtlich ordnet der Meister
ihren geplanten Bezug.

Über dem schlafenden Plane
zieht er die Linien aus,
wenn das bei Tage Getane
abstirbt im ängstlichen Haus.

Nur in die Liebenden reichen
seine Zeichen hinein,
weil sie, in Träumen voll Teichen,
Blume spiegeln und Stein.

Während Entwürfe ihm keimen,
wirft er, wie Vogelschwung,
Spiegelbild des Geheimen
durch den Glanz ihrer Spiegelung.

MAGIE

AUS unbeschreiblicher Verwandlung stammen
solche Gebilde –: Fühl! und glaub!
Wir leidens oft: zu Asche werden Flammen;
doch, in der Kunst: zur Flamme wird der Staub.

Hier ist Magie. In das Bereich des Zaubers
scheint das gemeine Wort hinaufgestuft...

und ist doch wirklich wie der Ruf des Taubers,
der nach der unsichtbaren Taube ruft.

NACHTHIMMEL UND STERNENFALL

Der Himmel, groß, voll herrlicher Verhaltung,
ein Vorrat Raum, ein Übermaß von Welt.
Und wir, zu ferne für die Angestaltung,
zu nahe für die Abkehr hingestellt.

Da fällt ein Stern! Und unser Wunsch an ihn,
bestürzten Aufblicks, dringend angeschlossen:
Was ist begonnen, und was ist verflossen?
Was ist verschuldet? Und was ist verziehn?

Nicht um-stoßen, was steht!
Aber das Stehende stehender,
aber das Wehende wehender
zuzugeben, – gedreht

zu der Mitte des Schauenden,
der es im Schauen preist,
daß es sich am Vertrauenden
jener Schwere entreißt,

drin die Dinge, verlorener
und gebundener, fliehn –,

bis sie, durch uns, geborener,
sich in die Spannung beziehn.

Da schwang die Schaukel durch den Schmerz –,
                              doch siehe,
der Schatten wars des Baums, an dem sie hängt.

Ob ich nun vorwärtsschwinge oder fliehe,
vom Schwunge in den Gegenschwung gedrängt,
das alles ist noch nicht einmal der Baum.
Mag ich nun steiler schwingen oder schräger,
ich fühle nur die Schaukel; meinen Träger
gewahr ich kaum.

So laß uns herrlich einen Baum vermuten,
der sich aus Riesenwurzeln aufwärtsstammt,
durch den unendlich Wind und Vögel fluten
und unter dem, im reinen Hirtenamt,
die Hirten sannen und die Herden ruhten.
Und daß durch ihn die starken Sterne blitzen,
macht ihn zur Maske einer ganzen Nacht.
Wer reicht aus ihm bis zu den Göttersitzen,
da uns sein Wesen schon nachdenklich macht?

GARTEN-NACHT

Nebelnd schweben durch den Rosenbogen,
den man für die Lebenden gebeugt,

jene, die, nicht völlig überzeugt,
aus dem nahen Tod herüberwogen...

Sie, die diese Erde tief besitzen,
grüßen ihre Oberfläche kühl, –
hoffen, an dem Dörnicht sich zu ritzen
mit vergessnem Schmerzgefühl.

Eine tastet an dem Rebengange
nach dem überraschten Blatt...
Blatt versagt... nun sucht sie mit der Wange...
Aber Nachtwind will an wangesstatt...

AUS DEM UMKREIS: NÄCHTE

Gestirne der Nacht, die ich erwachter gewahre,
überspannen sie nur das heutige, meine Gesicht,
oder zugleich das ganze Gesicht meiner Jahre,
diese Brücken, die ruhen auf Pfeilern von Licht?

Wer will dort wandeln? Für wen bin ich Abgrund
                             und Bachbett,
daß er mich so im weitesten Kreis übergeht –,
mich überspringt und mich nimmt wie den Läufer
und auf seinem Siege besteht?   [im Schachbrett

HANDINNERES

INNRES der Hand. Sohle, die nicht mehr geht
als auf Gefühl. Die sich nach oben hält
und im Spiegel
himmlische Straßen empfängt, die selber
wandelnden.
Die gelernt hat, auf Wasser zu gehn,
wenn sie schöpft,
die auf den Brunnen geht,
aller Wege Verwandlerin.
Die auftritt in anderen Händen,
die ihresgleichen
zur Landschaft macht:
wandert und ankommt in ihnen,
sie anfüllt mit Ankunft.

AUS DEM UMKREIS: NÄCHTE

NACHT. Oh du in Tiefe gelöstes
Gesicht an meinem Gesicht.
Du, meines staunenden Anschauns größtes
Übergewicht.

Nacht, in meinem Blicke erschauernd,
aber in sich so fest;
unerschöpfliche Schöpfung, dauernd
über dem Erdenrest;

    voll von jungen Gestirnen, die Feuer
aus der Flucht ihres Saums
schleudern ins lautlose Abenteuer
des Zwischenraums:

wie, durch dein bloßes Dasein, erschein ich,
Übertrefferin, klein –;
doch, mit der dunkelen Erde einig,
wag ich es, in dir zu sein.

SCHWERKRAFT

MITTE, wie du aus allen
dich ziehst, auch noch aus Fliegenden dich
wiedergewinnst, Mitte, du Stärkste.

Stehender: wie ein Trank den Durst
durchstürzt ihn die Schwerkraft.

Doch aus dem Schlafenden fällt,
wie aus lagernder Wolke,
reichlicher Regen der Schwere.

   GIEB mir, oh Erde, den reinen
   Thon für den Tränenkrug;
   mein Wesen, ergieße das Weinen,
   das sich in dir verschlug.

    Daß sich Verhaltenes löse
    in das gefügte Gefäß.
    Nur das Nirgends ist böse,
    alles Sein ist gemäß.

        HERBST

Oh hoher Baum des Schauns, der sich entlaubt:
nun heißts gewachsen sein dem Übermaße
von Himmel, das durch seine Äste bricht.
Erfüllt vom Sommer, schien er tief und dicht,
uns beinah denkend, ein vertrautes Haupt.
Nun wird sein ganzes Innere zur Straße
des Himmels. Und der Himmel kennt uns nicht.

Ein Äußerstes: daß wir wie Vogelflug
uns werfen durch das neue Aufgetane,
das uns verleugnet mit dem Recht des Raums,
der nur mit Welten umgeht. Unsres Saums
Wellen-Gefühle suchen nach Bezug
und trösten sich im Offenen als Fahne –

. . . .

Aber ein Heimweh meint das Haupt des Baums.

DREI GEDICHTE AUS DEM UMKREIS: SPIEGELUNGEN

I

O SCHÖNER Glanz des scheuen Spiegelbilds!
Wie darf es glänzen, weil es nirgends dauert.
Der Frauen Dürsten nach sich selber stillts.
Wie ist die Welt mit Spiegeln zugemauert

für sie. Wir fallen in der Spiegel Glanz
wie in geheimen Abfluß unseres Wesens;
sie aber finden ihres dort: sie lesens.
Sie müssen doppelt sein, dann sind sie ganz.

Oh, tritt, Geliebte, vor das klare Glas,
auf daß du seist. Daß zwischen dir und dir
die Spannung sich erneue und das Maß
für das, was unaussprechlich ist in ihr.

Gesteigert um dein Bild: wie bist du reich.
Dein Ja zu dir bejaht dir Haar und Wange;
und überfüllt von solchem Selbstempfange,
taumelt dein Blick und dunkelt im Vergleich.

II

IMMER wieder aus dem Spiegelglase
holst du dich dir neu hinzu;
ordnest in dir, wie in einer Vase,
deine Bilder. Nennst es *du*,

dieses Aufblühn deiner Spiegelungen,
die du eine Weile leicht bedenkst,
eh du sie, von ihrem Glück bezwungen,
deinem Leibe wiederschenkst.

III

ACH, an ihr und ihrem Spiegelbilde,
das, wie Schmuck im schonenden Etui,
in ihr dauert, abgelegt ins Milde, –
ruht der Liebende; abwechselnd sie

fühlend und ihr inneres Geschmeid...
Er: kein eignes Bild in sich verschließend;
aus dem tiefen Innern überfließend
von gewußter Welt und Einsamkeit.

...WENN aus des Kaufmanns Hand
die Waage übergeht
an jenen Engel, der sie in den Himmeln
stillt und beschwichtigt mit des Raumes Ausgleich...

Ô LACRIMOSA
(Trilogie, zu einer künftigen Musik von Ernst Křenek)

I

OH Tränenvolle, die, verhaltner Himmel,
über der Landschaft ihres Schmerzes schwer wird.

Und wenn sie weint, so weht ein weicher Schauer
schräglichen Regens an des Herzens Sandschicht.

Oh Tränenschwere. Waage aller Tränen!
Die sich nicht Himmel fühlte, da sie klar war,
und Himmel sein muß um der Wolken willen.

Wie wird es deutlich und wie nah, dein Schmerzland,
unter des strengen Himmels Einheit. Wie ein
in seinem Liegen langsam waches Antlitz,
das waagrecht denkt, Welttiefe gegenüber.

II

NICHTS als ein Atemzug ist das Leere, und jenes
grüne Gefülltsein der schönen
Bäume: ein Atemzug!
Wir, die Angeatmeten noch,
heute noch Angeatmeten, zählen
diese, der Erde, langsame Atmung,
deren Eile wir sind.

III

ABER die Winter! Oh diese heimliche
Einkehr der Erde. Da um die Toten
in dem reinen Rückfall der Säfte
Kühnheit sich sammelt,
künftiger Frühlinge Kühnheit.
Wo das Erdenken geschieht
unter der Starre; wo das von den großen

Sommern abgetragene Grün
wieder zum neuen
Einfall wird und zum Spiegel des Vorgefühls;
wo die Farbe der Blumen
jenes Verweilen unserer Augen vergißt.

ACH, nicht getrennt sein,
nicht durch so wenig Wandung
ausgeschlossen vom Sternen-Maß.
Innres, was ists?
Wenn nicht gesteigerter Himmel,
durchworfen mit Vögeln und tief
von Winden der Heimkehr.

UNAUFHALTSAM, ich will die Bahn vollenden,
mich schreckt es, wenn mich ein Sterbliches hält.
Einmal hielt mich ein Schooß.
Ihm sich entringen, war tödlich:
ich rang mich ins Leben. Aber sind Arme so tief,
sind sie so fruchtbar, um ihnen
durch die beginnliche Not
neuer Geburt zu entgehn?

Jetzt wär es Zeit, daß Götter träten aus
bewohnten Dingen...
Und daß sie jede Wand in meinem Haus
umschlügen. Neue Seite. Nur der Wind,
den solches Blatt im Wenden würfe, reichte hin,
die Luft, wie eine Scholle, umzuschaufeln:
ein neues Atemfeld. Oh Götter, Götter!
Ihr Oftgekommnen, Schläfer in den Dingen,
die heiter aufstehn, die sich an den Brunnen,
die wir vermuten, Hals und Antlitz waschen
und die ihr Ausgeruhtsein leicht hinzutun
zu dem, was voll scheint, unserm vollen Leben.
Noch einmal sei es euer Morgen, Götter.
Wir wiederholen. Ihr allein seid Ursprung.
Die Welt steht auf mit euch, und Anfang glänzt
an allen Bruchstelln unseres Mißlingens...

Rose, oh reiner Widerspruch, Lust,
Niemandes Schlaf zu sein unter soviel
Lidern.

IDOL

Gott oder Göttin des Katzenschlafs,
kostende Gottheit, die in dem dunkeln
Mund reife Augen-Beeren zerdrückt,
süßgewordnen Schauns Traubensaft,

ewiges Licht in der Krypta des Gaumens.
Schlaf-Lied nicht, – Gong! Gong!
Was die anderen Götter beschwört,
entläßt diesen verlisteten Gott
an seine einwärts fallende Macht.

GONG

NICHT mehr für Ohren ...: Klang,
der, wie ein tieferes Ohr,
uns, scheinbar Hörende, hört.
Umkehr der Räume. Entwurf
innerer Welten im Frein ...,
Tempel vor ihrer Geburt,
Lösung, gesättigt mit schwer
löslichen Göttern ...: Gong!

Summe des Schweigenden, das
sich zu sich selber bekennt,
brausende Einkehr in sich
dessen, das an sich verstummt,
Dauer, aus Ablauf gepreßt,
um-gegossener Stern ...: Gong!

Du, die man niemals vergißt,
die sich gebar im Verlust,
nichtmehr begriffenes Fest,
Wein an unsichtbarem Mund,
Sturm in der Säule, die trägt,

Wanderers Sturz in den Weg,
unser, an Alles, Verrat...: Gong!

Von nahendem Regen fast zärtlich verdunkelter Garten,
Garten unter der zögernden Hand.
Als besännen sich, ernster, in den Beeten die Arten,
wie es geschah, daß sie ein Gärtner erfand.

Denn sie denken ja ihn; gemischt in die heitere Freiheit
bleibt sein bemühtes Gemüt, bleibt vielleicht sein
         Verzicht.
Auch an ihnen zerrt, die uns so seltsam erzieht,
        diese Zweiheit;
noch in dem Leichtesten wecken wir Gegengewicht.

VOLLMACHT

Ach entzögen wir uns Zählern und Stundenschlägern.
Einen Morgen hinaus, heißes Jungsein mit Jägern,
  Rufen im Hundegekläff.
Daß im durchdrängten Gebüsch Kühle uns fröhlich
         besprühe,
und wir im Neuen und Frein – in den Lüften der Frühe
  fühlten den graden Betreff!

Solches war uns bestimmt. Leichte beschwingte
         Erscheinung.

Nicht, im starren Gelaß, nach einer Nacht voll
 ein verneinender Tag.   [Verneinung,
Diese sind ewig im Recht: dringend dem Leben
                            Genahte;
weil sie Lebendige sind, tritt das unendlich bejahte
 Tier in den tödlichen Schlag.

ANKUNFT

IN einer Rose steht dein Bett, Geliebte. Dich selber
(oh ich Schwimmer wider die Strömung des Dufts)
hab ich verloren. So wie dem Leben zuvor
diese (von außen nicht meßbar) dreimal drei
                            Monate sind,
so, nach innen geschlagen, werd ich erst *sein*.
                            Auf einmal,
zwei Jahrtausende vor jenem neuen Geschöpf,
das wir genießen, wenn die Berührung beginnt,
plötzlich: gegen dir über, werd ich im Auge geboren.

ZWEITER TEIL

WIDMUNGEN

AN KARL VON DER HEYDT

Meinem und meiner Arbeit liebem Freunde
dankbar zugeschrieben,
da ich seine Worte vom ›Stunden-Buch‹ gelesen hatte

So will ich gehen, schauender und schlichter,
einfältig in der Vielfalt dieses Scheins;
aus allen Dingen heben Angesichter
sich zu mir auf und bitten mich um eins:

um dieses unbeirrte Gehn und Sagen
und darum: nicht zu ruhn, ich fühlte denn
mein Herz in einem Turme gehn und schlagen:
so nah den Nächten, so vertraut den Tagen,
so einsam weit von jedem, den ich kenn;

und doch so wie die Stunde, welche schlägt,
an Tausendem, das lautlos sich verwandelt,
teilnehmend – und mit Tausendem, das trägt,
mittragend – und mit Einem, welcher handelt,
mithandelnd, leise von ihm miterwägt...

Unsäglich Schweres wird von mir verlangt.
Aber die Mächte, die mich so verpflichten,
sind auch bereit, mich langsam aufzurichten,
so oft mein Herz, behängt mit den Gewichten
der Demut, hoch in ihren Händen hangt.

FÜR ERNST HARDT

auf seine ›Ninon von Lenclos‹

Der süßen Ninon süßes leichtes Leben
wie ist es Euch zu Greifbarem gereift.
Wie habt Ihr es genommen und gegeben:
so wie ein Abendwind im Niederschweben
nach einer übervollen Rose greift.

Dann kommt die Nacht, in der sie noch nicht fällt,
behutsam wie von einem Händefalten,
von ihrem Glühen mitten im Erkalten,
von irgendetwas noch zusammgehalten,
obwohl sie keines ihrer Blätter hält.

Wie habt Ihr jene wunderliche Nacht
heraufgerufen, glühend und verdüstert,
mit allem, was in ihren Büschen flüstert,
mit allem, was auf ihrem Grunde wacht:

in der Ninon, in ihres Herzens Kelche
schon lose liegend, sich noch einmal schloß
und dann in eine Schale überfloß,
in eine schöne ewige . . . .
                    in welche?

⟨GEDICHTKREIS
FÜR MADELEINE BROGLIE⟩

⟨I⟩
Widmung

VERGANGEN nicht, verwandelt ist was war.
(O wie unsäglich selig kehrt es wieder.)
Einst war es Fest und Andacht und Gefahr,
dann ging es langsam wie ein Abend nieder
und ist jetzt Angesicht und Hand und Haar:
O wie unsäglich selig kehrt es wieder.

Du weiße Stadt vor Robbias frommem Blau
in deinen Hügeln wie in Früchtekränzen,
mit deinen Höfen, welche wie in Tänzen
stehn bleiben um der Brunnen runden Bau:
wie kannst du stürzen ins Gefühl und glänzen
und eines Abends, außer deiner Gränzen,
dich auferbaun zuliebe einer Frau:

deren Profil, als ob es dich verdeckte,
sich nur ein wenig wenden muß, damit –
strahlende Stadt im Tal von Malachit –
dein Bild erscheint, das klare unbefleckte;

wie deine Glocken gehen geht ihr Schritt.

Und so wie Wolken manchmal fern der Erde
nachahmen die Konturen ihrer Länder:

so fließt durch ihre Haltung und Gebärde
das Unsagbare deiner Hügelränder.

⟨II⟩
... UND sagen sie das Leben sei ein Traum:

         das nicht;
nicht Traum allein. Traum ist ein Stück vom Leben.
Ein wirres Stück, in welchem sich Gesicht
und Sein verbeißt und ineinanderflicht
wie goldne Tiere, Königen von Theben
aus ihrem Tod genommen (der zerbricht).

Traum ist Brokat der von dir niederfließt,
Traum ist ein Baum, ein Glanz der geht, ein Laut –;
ein Fühlen das in dir beginnt und schließt
ist Traum; ein Tier das dir ins Auge schaut
ist Traum; ein Engel welcher dich genießt
ist Traum. Traum ist das Wort, das sanften Falles
in dein Gefühl fällt wie ein Blütenblatt
das dir im Haar bleibt: licht, verwirrt und matt –,
hebst du die Hände auf: auch dann kommt Traum,
kommt in sie wie das Fallen eines Balles –;
fast alles träumt –,

      du aber trägst das alles.

Du trägst das alles. Und wie trägst du's schön.
So wie mit deinem Haar damit beladen.
Und aus den Tiefen kommt es, von den Höhn
kommt es zu dir und wird von deinen Gnaden ...

Da wo du bist hat nichts umsonst geharrt,
um dich die Dinge nehmen nirgend Schaden,
und mir ist so als hätt ich schon gesehn,
daß Tiere sich in deinen Blicken baden
und trinken deine klare Gegenwart.

Nur wer du bist: das weiß ich nicht. Ich weiß
nur deinen Preis zu singen: Sagenkreis
um eine Seele,
               Garten um ein Haus,
in dessen Fenstern ich den Himmel sah –.

O so viel Himmel, ziehend, von so nah;
o so viel Himmel über so viel Ferne.

Und wenn es Nacht ist –: wasfür große Sterne
müssen sich nicht in diesen Fenstern spiegeln ...

⟨III⟩
Fortgehn

PLÖTZLICHES Fortgehn: Draußensein im Grauen
mit Augen, eingeschmolzen, heiß und weich,
und nun in das was *ist* hinauszuschauen –:

O nein, das alles ist ja ein Vergleich.

Der Strom ist so, damit er dich bedeute,
und diese Stadt stand auf wie du erschienst;

die Brücken gehn mit Anstand der dich freute
gelassen her und hin in deinem Dienst.

Und weil das alles ausgedacht ist nur:
dich zu bedeuten –: ist es wie die Erde;
die Gärten stehn in dunkelnder Gebärde,
die Fernen sind voll deutsamer Figur –.

Und doch trotzdem, nun kommt es trotzdem wieder:
der Schmerz, der Schmerz des ersten Augenblicks.
Noch war es da –: auf einmal ging es nieder
oder flog auf oder war aus wie Lieder –:
das war so voll unsäglichen Geschicks –.

Wie wenn....
    (bin ichs zu sagen denn imstande?)
Sieh: diese Augen lagen da: Gewande,
ein Angesicht, ein Glanz ging in sie ein
als wären sie – – ja was? – –:
       der Canal Grande
in seiner großen Zeit und vor dem Brande –
– – – – – – – – – – – – – – – – – – – –
und plötzlich hört Venedig auf zu sein.

⟨IV⟩

Ich hab mich nicht den Dichtern zugesellt
die dich verkünden oder nach dir klagen
und wähnen, deine Schönheit hinzusagen
wenn sie sie nennen: nicht von dieser Welt –.

Von welcher denn? Hängt eine so wie die
so atemlos an dir mit allem Ihren?
Ist eine ängstlicher dich zu verlieren,
und wenn sie ängstlich ist beruhigst du sie

wie diese hier, zu der doch manchmal hin
dein Antlitz lächelt wie aus Tiefen, leise
abweisend ihre Zärtlichkeit: Geh, kreise,
sei nicht in Angst um mich; du siehst: ich bin ...

Ist das nicht hier, wo Tausendes geschah,
wo fast Unsägliches noch nicht genügte,
damit aus allem sich dein Dasein fügte
drin Nahes fern erscheint und Fernes nah.

War das nicht *diese* Welt, wo aus dem Tier
der Gott erwuchs zum klaren Namenlosen:
damit du ihn empfändest wie die Rosen
und trügest wie ein Teich. War das nicht hier?

Wo dauerten, verloren im Gegröhl
des Pöbels, leise leidenvolle Leben,
um einst, gepreßt in deines Herzens Beben,
das Süße deiner Traurigkeit zu geben
wie tausend Rosen einen Tropfen Öl.

Und wo war das, wo Schönheit Ungezählter
wie unbenutzt verging und wie verschmäht,

um einstens rührender und auserwählter
in dir zu sein – – –.
                          Du güldenes Gerät:

das einmal nur wenn alle Glocken läuten
(die Hand im Handschuh naht sich wie geführt)
ein König einen Augenblick berührt
um seine hohe Seele anzudeuten.

⟨V⟩
Der Engel

WIE ist der hülflos, der mit nichts als Worten
aussagen soll wie er dich fühlt und sieht;
dieweil dein Leben festlich sich vollzieht
wie aufgehoben, wie in Sopraporten
in welchen neben dir ein Engel kniet.

Ein Engel –: ein im Himmlischen Zerstreuter,
der um dich ist seitdem du hier erschienst;
kaum jemals trauriger, kaum je erfreuter,
doch immer strahlender in deinem Dienst:

so hingegeben wie an große Räume
an dich, du weite, unbekannte Welt,
und wie ein Kind in seine ersten Träume
so atemlos in dich hineingestellt.

Beschäftigt, dir dein Leben hinzureichen,
die Stunde, die du grade ihm bestimmst,
und schwindelnd von der Größe ohne gleichen
mit der du sie aus seinen Händen nimmst:

verbraucht er seine vielen Ewigkeiten
in deiner Zeit wie einen kurzen Tag.
Er wird nie wieder heimgekehrt zu seiten
der andern Engel im Areopag

des Himmels stehn; auch nicht im Weltgerichte.
Sein Platz wird leer sein auf der Engelsbank.
Doch man wird sagen von dem Angesichte
an dem ein Engel lebte und ertrank.

〈VI〉
Die Münze

Dass eine Münze, Fürstin, dein Profil
in Gold geschnitten einem weiterreichte.
Du weißt: weit weiterreichte ohne Ziel
an einen Großen, der des Bildes Beichte
zu hören wüßte wie ein Orgelspiel.

Der, wenn von hoch her deine Herrlichkeit
wie von Gebirgen in ihn niederschösse,
anwüchse und sich wie im Zorn ergösse
über die Jugend einer anderen Zeit:

Jünglinge aus dem Heimatboden reißend
und (weiterrauschend in geschwelltem Schwung)
kein Haus und keinen Schutz mehr heilig heißend
und keine eingesäumte Siedelung;

wie fremde Völkerstämme lauter Ferne
mitbringend in Gefühl und Überfall,
und alle Unterworfenen wie Sterne
auswerfend in das grenzenlose All –

———

Daß einmal einer so ein Lied erschüfe
wenn Kommende des Zurufs und Gerichts
bedürftig sind:
        müßte die Hyroglyphe
deines an uns vergeudeten Gesichts

in einer goldnen Münze weiterdauern
und einst gefunden werden unversehrt
wo mans nicht denkt, bei Hirten oder Bauern,
doch aus dem Dunkel nie erklärter Mauern
dem Finder wie seit immer zugekehrt.

LA DAME À LA LICORNE
(Teppiche im Hôtel de Cluny)

für Stina Frisell

FRAU und Erlauchte: sicher kränken wir
oft Frauen-Schicksal das wir nicht begreifen.

Wir sind für euch die Immer-noch-nicht-Reifen
für euer Leben, das, wenn wir es streifen
ein Einhorn wird, ein scheues, weißes Tier,

das flüchtet... und sein Bangen ist so groß,
daß ihr es selber/ wie es schlank entschwindet/
nach vielem Traurigsein erst wiederfindet,
noch immer schreckhaft, warm und atemlos.

Dann bleibt ihr bei ihm, fern von uns, – und mild
gehn durch des Tagwerks Tasten eure Hände;
demütig dienen euch die Gegenstände,
ihr aber wollt nur *diesen* Wunsch gestillt:
daß einst das Einhorn sein beruhigtes Bild
in eurer Seele schwerem Spiegel fände. –

⟨AUS DEM GÄSTEBUCH VON
KARL UND ELISABETH VON DER HEYDT⟩
⟨*Godesberg am Rhein, Wachholderhöhe*⟩

⟨I⟩

WER vermag es ein Haus zu bauen?
Die Werke der Männer bauen ein Haus
und die stillen Gefühle der Frauen;
aber die Mädchen blühen und schauen
in die verwandten Gärten hinaus.
Und aus Verträumen und Vertrauen,
aus draußen und drinnen wird erst das Haus.

⟨II⟩

KOMMENDES ist nie ganz fern; Entflohnes
nie ganz fortgenommen wenn es floh –;
doch das Wiederkommen eines Tones
ordnet erst das viele Leben so,

daß der Einsame, der sich nicht kennt,
eine Weile ruht in seinen Maßen
eh er wieder auf den fremden Straßen
weiter muß, in Tage aufgetrennt.

Wiederkommen –: wie er das genießt,
einmal wiederkommen und verweilen
wo aus Wünschen, die ihn nur durcheilen,
sich ein Wirkliches und Warmes schließt,

dessen Dasein, Sinn, Gesetz und Güte
eine kleine Zeit auch für ihn gilt
und ihm so, als ob sie ihn behüte,
lang noch nachgeht, licht und wohlgewillt –.

INDEM das Leben nimmt und giebt und nimmt
entstehen wir aus Geben und aus Nehmen:
ein Schwankendes, sich Wandelndes, ein Schemen
und doch in unserer Seele so bestimmt

hindurchzugehn durch dieses Sich-verschieben
unangezweifelt, aufrecht, unbeirrt

von Tag zu Nacht, von Nacht zu Tag getrieben,
aus denen unaufhaltsam Leben wird

von unserm Leben, Blut von unserm Blut,
Lust von der unsern, Leid das wir erkennen,
von dem wir uns auf einmal wieder trennen
weil unsre Seele, einsam, schon geruht

vorauszugehn...

⟨FÜR FRAU LILI SCHALK⟩

....
GESICHT, mein Gesicht:
wessen bist du; für was für Dinge
bist du Gesicht?
Wie kannst du Gesicht sein für so ein Innen,
darin sich immerfort das Beginnen
mit dem Zerfließen zu etwas ballt?
Hat der Wald ein Gesicht?
Steht der Berge Basalt
gesichtlos nicht da?
Hebt sich das Meer
nicht ohne Gesicht
aus dem Meergrund her;
spiegelt sich nicht der Himmel drin
ohne Stirn ohne Mund ohne Kinn?

Kommen einem die Tiere nicht
manchmal als bäten sie: nimm mein Gesicht.

Ihr Gesicht ist ihnen zu schwer
und sie halten mit ihm ihr klein-
wenig Seele zu weit hinein
in das Leben. Und wir,
Tiere der Seele, verstört
von allem in uns, noch nicht
fertig zu nichts; wir weidenden
Seelen:
flehen wir zu dem Bescheidenden
nächtens nicht um das Nicht-Gesicht,
das zu unserem Dunkel gehört –

....

MIGLIERA
Für Gräfin Manon zu Solms-Laubach

NUN schließe Deine Augen. Daß wir nun
dies alles so verschließen dürfen
in unsrer Dunkelheit, in unserm Ruhn
wie einer, dems gehört;
bei Wünschen, bei Entwürfen,
bei Ungetanem das wir einmal tun,
da irgendwo in uns, ganz tief,
ist nun auch dies;
ist wie in einem Brief
den wir verschließen –.

Laß die Augen zu: da ist es nicht,
da ist jetzt nichts als Nacht,

die Zimmernacht rings um ein kleines Licht –:
Du kennst sie gut.
Doch in Dir ist nun alles dies und wacht
und trägt Dein sanft verschlossenes Gesicht
wie eine Flut.

Und trägt nun Dich. Und alles in Dir trägt;
und Du bist leicht, und leise hingelegt
auf Deine Seele welche steigt. –

Warum ist das so viel für uns: zu *sehn*,
auf einem Felsenrand zu stehn?
Wen meinten wir, indem wir das begrüßten
was vor uns dalag..?
                      Ja: was *war* es denn?

Schließ inniger die Augen und erkenn
es langsam wieder: – Meer um Meer,
schwer von sich selbst, blau aus sich her
und leer am Rand mit einem Grund von Grün;
(von *welchem* Grün? Es kommt sonst nirgends vor –)
und plötzlich, atemlos, daraus empor
die Felsen jagend von so tief, daß sie
im steilen Steigen gar nicht wissen, wie
dies Steigen enden soll. Auf einmal bricht
es an dem Himmel ab, wo er ganz dicht
von lauter Himmel ist. Und drüber: sieh,
ist wieder Himmel und bis weit hinein
in jene Weite rings –. Wo ist er nicht?
Strahlen ihn nicht die beiden Klippen aus?

Malt nicht sein Licht das fernste Weiß: den Schnee
der sich auf einmal rührt und weit hinaus
die Blicke mitnimmt. Und er hört nicht – eh
wir ihn atmen – auf Himmel zu sein –.

Schließ, schließ fest die Augen. War es dies?

Du weißt es nicht. Du kannst es schon nicht mehr
von Deinem Herzen trennen.
Himmel im Innern läßt sich schwer
erkennen;
da geht das Herz und geht und sieht nicht her.

Und doch Du weißt: wir können also so
am Abend zugehn wie die Anemonen,
die Tiefe eines Tages in sich schließend,
und, etwas größer, morgens wieder aufgehn.
Und das zu tun ist uns nicht nur erlaubt,
das ist es, was wir *sollen: zugehn lernen
über Unendlichem.*

Sahst Du den Hirten heut? Der geht nicht zu.
Wie sollte er's? Dem fließt
der Tag hinein und fließt ihm wieder aus
wie einer Maske hinter der es schwarz ist.

Wir aber dürfen uns verschließen, fest
zuschließen und bei jenen dunkeln Dingen
die längst schon in uns sind, noch einen Rest
von anderm Unfaßbaren unterbringen
wie einer, dems gehört –.

DIE MARIEN-VASE
(in einer Wand-Nische des ›Rosenhauses‹)

Die Nische war ganz ohne Bild. Wir stellten
die Vase hin mit *ihrem* Namenszug:
innige Blumen drinnen, still genug –:
da war sie fast schon selbst (*sie* ist nicht selten).

Limonen lagen, voll von sich, verstreut
rings in der Nische. Und auch diese Früchte
gehörten *ihr*. Es giebt in uns Gerüchte,
daß alles das *sie* ruft und rührt und freut:

Vielleicht aus jenen Frucht-Gewinden her
die oft *ihr* leichtes Weiß mit Schwerem schmücken,
vielleicht aus dunkelbunten Blumenstücken,
oder auch nur aus unserem Entzücken
an *ihrer* Einfalt, Ehrfurcht und Beschwer.

GEDICHT
⟨*Geschrieben für Madeleine Broglie*⟩

Das war doch immer das: Geheul, Gehärm,
was sich ergreifen ließ, und das Gelächter;
das Leben überwältigt seine Wächter.
Die Seelen gehn und machen keinen Lärm.

Und deshalb sind wir da und wissen nicht
wovor uns flüchten und an was uns klammern.

Wir haben nichts als unsres Herzens Kammern
und wohnen drin und machen niemals Licht.

Wir stehen da: zu füllende Gefäße
und was wir halten selbst ist ungewiß;
doch manchmal nimmt uns diese Finsternis
als ob sie nichts als uns allein besäße.

⟨FRAGMENT⟩
⟨*Geschrieben für Madeleine Broglie*⟩

WIE sich die warmen Blumen an das All
fortgeben, an das abendliche, kühle –:
so fließen Deine fürstlichen Gefühle
in diesen kalten Ball aus Bergkrystall...

.... EIN junges Mädchen: das ist wie ein Schatz,
vergraben neben einer alten Linde:
da sollen Ringe sein und Goldgewinde,
doch keiner ist bestimmt, daß er sie finde;
nur eine Sage geht und sagt den Platz.

AUSBLICK VON CAPRI:

– SIEHST du wie das Vorgebirge dort
sich entfaltet: seine Hänge geben

Glanz von sich, als führen sie noch fort,
den Athene-Tempel hinzuheben
in den Götterhimmel Griechenlands –.

Wie dunkeln und rauschen im Instrument
                  die Wälder seines Holzes.

FÜR LIA ROSEN

Wer weiß denn was wir werden? Daß wir sind,
ist ein Gerücht an das wir wieder glauben
sooft wir fühlen: einmal war ich Kind.
Doch schon das Nächste kommt zu groß und rinnt
durch uns wie Wind im Herbst durch leere Lauben.

Geschrieben für H. St.,
um sein Gedicht zu erwidern

Vertrau den Büchern nicht zu sehr; sie sind
Gewesenes und Kommendes. Ergreife
ein Seiendes. So wird auch deine Reife
nicht alles sein. Denn da ist Jeder Kind,

wo Dinge stehn, unendlich überragend,
was sich in uns zu mehr zusammen nimmt;
wir raten nur und sagen alles fragend,
sie aber gehn in sich und sind bestimmt.

Und wenn du auch dein Leben so begannst
als solltest du's in Stunden überwinden:
im Kleinsten wirst du einen Meister finden,
dem du tiefinnen nie genugtun kannst.

⟨FÜR ALFRED WALTHER HEYMEL⟩

TAGE, wenn sie scheinbar uns entgleiten,
gleiten leise doch in uns hinein,
aber wir verwandeln alle Zeiten;
denn wir sehnen uns zu sein....

⟨FÜR AUGUST UND HEDDA SAUER⟩

IN dem Wiedersehn mit Kindheitsdingen
lernen wir uns wiedersehn:
zwar wir wußten, daß die Jahre gingen,
doch nun fühlen wir auch, wie wir gehn.

⟨FÜR HUGO HELLER⟩

DER Schicksale sind nicht viele: wenige große
wechseln beständig ab und ermüden an denen,
die mit unbegrenzt erfindenden Herzen
unzerstört hingehn –

⟨FÜR FRAU PHIA RILKE⟩

Lass dich nicht irren die Zeit: was ist nah,
                  was ist fern?
Hören wir nicht dieses Herz, wie es hinging
                  zum Herrn?
wie es uns, über vieles Geschehne, berührt
                  und erreicht:
so erreichen wir unsere sichere Seele
                  vielleicht.

ABEND-LIED
Meiner lieben Ruth zum 10. Geburtstag.

Welcher bist du, mein lieber Stern,
der mir zu Herzen schaut?
Einem innigen, einem innigern
bin ich anvertraut.

Welcher bist du? Der Himmel steht
nicht zwischen Ost und West,
du hast dich immer umgedreht
und auch ich bin nicht fest.

Welcher bist du –? (nein sag mir's nicht),
der mir zu Herzen schaut;
wenn ich mich nach allen richt
werd ich am besten Braut.

⟨FÜR LOTTE PRITZEL⟩

Hinschwindende ganz leicht, eh sie vergehen,
zurückzuhalten mit ein wenig Wink,
aus Abschiednehmen und Nicht-wiedersehen
ein Ding zu machen, so, daß dieses Ding
verschwendend lächelt und sich auf den Zehen
hinüberhebt um dem, was schon verging,
leis beizuwohnen (: Rosen und Ideen –)

FÜNF SONETTE
Für Frau Grete Gulbransson geschrieben
(um einen Doppelgänger völlig zu verdrängen)

I

Nicht als ein neues: äußerstens als eins,
das hinter Bücherreihn sich wiederfände,
gerate dieses Buch in Ihre Hände
und leugne seines Fortgewesenseins
verstecktes Los. O Bücher, Gegenstände,
aus unsichtbarer und erwollter Welt
geglückt geformt und plötzlich hingestellt
um Binnentage: Milderung der Wände.

Ist Leben Leben, setzt es nirgends aus,
wie geht es zu, daß man euch dennoch brauche
im vollen, wirkenden, beherzten Haus?
Gesicht, Gehör, Gefühl: sie reichen nicht
mehr Dasein aufzufassen: doch da spricht
die starke Stimme im entbrannten Strauche.

II

Stimme im Dornbusch. Streife, wem sie gilt,
die Schuhe ab und krümme sich und schlage
den ganzen Mantel vors Gesicht und sage
in seinen Mantel: Herr, ich bin gewillt.
Auch wer das nicht begreift, was ihn beruft,
der sei bereit. Es wird ihm in das grade
ungangbare Geheiß aus voller Gnade
ein schmaler Pfad hineingestuft.

maria schritt, es schritten Kinder so
dem Anruf nach, und Mädchen traten leise
ans Unerkannte aus der Kammertür.
Der Held ertrotzt es sich auf seine Weise,
doch andre folgen nur und gehen froh,
als gingen sie durch Lüfte, durch Porphyr.

III

Der Held ist eins. Im Helden ist Gewalt.
Er neigt die Welt: die Zeit stürzt ihm entgegen.
(Aus einem roten Thon voll Erzgehalt
und aufgefangenem Gewitterregen
hat ihm der Herr die Faust geballt.)

Da steht er, weithin sichtbar, und verschiebt
Schicksale rund um eine neue Mitte;
und tritt zu den Entzweiten als der Dritte
der ungehässig zürnt. Und wenn er liebt:
wo ist ein Herz, das er nicht überschritte?

So nimmt er unaufhaltsam zu. Zuletzt
wirft ihn sein Schwung zu den gestirnten Bildern.
Daß er, in ihre Maße hinversetzt,
nachgebe, sich am Kreisenden zu mildern.

IV

AUSSER dem Helden ist noch dies: der Kreis:
Ein Strom stürzt hin durch Zeugen und Verbluten.
Abschiede biegen sich wie grüne Ruten.
Wo giebt es eins, das nicht vom andern weiß?
Wie Teil und Gegenteil sich zart vermuten:
Derselbe Bau hält seine Pfeiler streng
und läßt, des Ganzen immer eingedenk,
sich gehen in den schwingenden Voluten.

Kann sein, wir Ordnende, wir ließen nicht
das Strahlende so nahe an das Bange,
(erfahren, wie wir sind, im Untergange.)
Doch Frauen, denen es an Kraft gebricht,
die Kühnsten –, sieh: sie nehmen beides lange
und bieten's uns im wirksamen Gesicht.

V

DER Liebende wird selber nie genug
Euch überschauen, unbegrenzte Wesen;
denn wer vermag ein Angesicht zu lesen,
an dem sein Blick sich schimmernd überschlug.
Der Dichter hofft, mit der und der Gestalt
Euch gleichnishaft, vorsichtig zu beweisen,

er steigt auf Eurer Spur von Kreis zu Kreisen
und macht erschrocken in den Himmeln halt.

Am Ende ist er Euch am nächsten dann,
wenn er sich plötzlich, wie in süßer Trauer,
von einem Gartenweg nicht trennen kann:
Eidechse hat sich eilig weggeregt,
während er an die warme Weinbergmauer
fast feierlich die leeren Hände legt.

⟨FÜR CHLOTILDE VON DERP⟩

Einst war dies alles anders aufgeteilt.
Durch jeden Vorgang gingen wache
schauende Götter. Gott-Wind bog die schwache
göttliche Dryas, und in jedem Bache
lag eine Nymphe, heiter übereilt.

Und wenn der Hirt in seiner Traurigkeit
das Rohr, das er sich lange zugeschnitten,
ansetzte –: o wie wurde weit,
was ihm an Klage ausging, mitgelitten.

Nun fällt uns längst schon dieses alles zu:
dahinzuwehen mit dem Hingewehten,
für einen Abend in den Baum zu treten
und in der Quelle tauschendem Getu
der Geist zu sein, den ihre Wirbel drehten.

Wir wurden mehr; wir wohnen in dem meisten,
das ahnend ein Entgangenes entbehrt;
doch, daß wir fast der Götter Leichtsein leisten,
hat uns das dumpfe Menschliche erschwert.

⟨AN BENVENUTA⟩

ACH, wie Wind durchging ich die Gesträuche,
jedem Haus entdrang ich wie ein Rauch,
wo sich andre freuten in Gebräuche
blieb ich strenge wie ein fremder Brauch.
Meine Hände gingen schreckhaft ein
in der andern schicksalvolle Schließung;
alle, alle *mehrte* die Ergießung:
und ich konnte nur vergossen sein.

Siehst du, selbst um das Gestirn zu schauen,
brauchts ein kleines irdisches Beruhn,
denn Vertrauen kommt nur aus Vertrauen,
alles Wohltun ist ein *Wieder*tun;
ach, die Nacht verlangte nichts von mir,
doch wenn ich mich zu den Sternen kehrte,
der Versehrte an das Unversehrte:
Worauf stand ich? War ich hier?

Flutet mir in diese trübe Reise
Deines Herzens warme Bahn entgegen?

Nur noch Stunden, und ich werde leise
meine Hände in die Deinen legen.
Ach, wie lange ruhten sie nicht aus.
Kannst Du Dir denn denken, daß ich Jahre
so – ein Fremder unter Fremden – fahre,
und nun endlich nimmst Du mich nach Haus!

⟨GEDICHTE
FÜR LULU ALBERT-LAZARD⟩

⟨I⟩

Heimkehr: wohin? Da alle Arme schmerzen
und Blicke, alle, mißverstehn.
Auszug: wohin? Die Fernen sind im Herzen,
und wie sie dir nicht *dort* geschehn,

betrügst du dich um jeden Weg. Was bleibt?

Nichts, als zu *sein*. Zum nächsten Stein zu sagen:
Du bist jetzt ich; ich aber bin der Stein.
Heil mir. Die Not kann aus mir Quellen schlagen,
und das Unsägliche wird aus mir schrein,

das Menschen nicht ertragen, wenn sie's treibt.

⟨II⟩
Der Freundin:

DA hängt in meinem ersten starken Turme
der Jugend schweres Glockengut.
Sei Weite, du, sei Himmel meinem Sturme
und fülle fühlend, wo er ruht,
das Reine der erholten Räume aus.

Das war mein Herz. Und drängt nun voller Eifer,
wo ich nicht bin, zu wirken, hundertfach.
Sehr schmerzhaft wächst in mir ein nächstes nach.
Und ist es endlich größer, süßer, reifer:
ich leb es nicht. Es bricht aus mir hinaus.

⟨III⟩
ÜBER anderen Jahren
standest du verhüllt, Gestirn.
Nun wird was wir waren
sich zu Wegen entwirrn.

Wo kein Weg gezogen
hinter uns, jetzt sich erweist,
sind wir geflogen –
                der Bogen
ist noch in unserm Geist.

⟨IV⟩

Sind wirs, Lulu, sind wirs? Oder grüßen
sich in uns entgangene Gestalten?
Durch die Herzen, die wir offen halten,
geht der Gott mit Flügeln an den Füßen,

jener, weißt du, der die Dichter nimmt;
eh sie noch von ihrem Wesen wissen,
hat er sie erkannt und hingerissen
und zum Unermessenen bestimmt.

Einem Gott nur ist die Macht gegeben,
das noch Ungewollte zu entwirrn.
Wie die Nacht mit zweien Tagen neben
steht er plötzlich zwischen unsern Leben
voll von zögerndem Gestirn.

In uns beide ruft er nach dem Dichter.
Und da glühst du leise und ich glühe.
Und er wirft uns durch der Angesichter
Klärungen die Vögel seiner Frühe.

⟨V⟩

Lass mich nicht an deinen Lippen trinken,
denn an Munden trank ich mir Verzicht.
Laß mich nicht in deine Arme sinken,
denn mich fassen Arme nicht.

⟨VI⟩

Ausgesetzt auf den Bergen des Herzens . . .

EINMAL noch kam zu dem Ausgesetzten,
der auf seines Herzens Bergen ringt,
Duft der Täler. Und er trank den letzten
Atem wie die Nacht die Winde trinkt.
Stand und trank den Duft, und trank und kniete
noch ein Mal.
Über seinem steinigen Gebiete
war des Himmels atemloses Tal
ausgestürzt. Die Sterne pflücken nicht
Fülle, die die Menschenhände tragen,
schreiten schweigend, wie durch Hörensagen
durch ein weinendes Gesicht.

⟨VII⟩

SIEHE, ich wußte es sind
solche, die nie den gemeinsamen Gang
lernten zwischen den Menschen;
sondern der Aufgang in plötzlich
entatmete Himmel
war ihr Erstes. Der Flug
durch der Liebe Jahrtausende
ihr Nächstes, Unendliches.

Eh sie noch lächelten
weinten sie schon vor Freude;
eh sie noch weinten
war die Freude schon ewig.

    Frage mich nicht
wie lange sie fühlten; wie lange
sah man sie noch? Denn unsichtbare sind
unsägliche Himmel
über der inneren Landschaft.

Eines ist Schicksal. Da werden die Menschen
sichtbarer. Stehn wie Türme. Verfalln.
Aber die Liebenden gehn
über der eignen Zerstörung
ewig hervor; denn aus dem Ewigen
ist kein Ausweg. Wer widerruft
Jubel?

⟨VIII⟩
O WIE sind die Lauben unsrer Schmerzen
dicht geworden. Noch vor wenig Jahren
hätten wir für unsre wunderbaren
Herzen nicht so dunkeln Schutz gefunden.

Winde hätten von den Liebesmunden
uns die stillen Flammen hingerissen,
und es wäre aus den ungewissen
Stunden kühler Schein in uns gefallen.

Aber hinter unsern Schmerzen, allen
immer höhern, immer dichtern
Schmerzen, brennen wir mit windstillen
                    Gesichtern.

⟨IX⟩
Durch den plötzlich schönen Garten trägst du,
trägst du, Tragendste der Trägerinnen,
mir das ganz vergossne Herz zum Brunnen.

Und ich steh indessen mit dem deinen
unerschöpflichen in diesem schönen,
dem unendlich aufgefühlten Garten.

Wie ein Knabe steht mit seinen künftig
starken Gaben, sie noch nicht beginnend,
halt ich die Begabung deines Herzens.

Und du gehst indessen mit dem meinen
an den Brunnen. Aber um uns beide
sind wir selber dieser schöne Garten.

Sieh, was sind wir nicht? Wir sind die Sterne,
welche diesen Garten nachts erwiedern,
und das Dunkel um die hohen Sterne.

Sind die Flüsse in den fremden Ländern,
sind der Länder Berge, und dahinter
sind wir wieder eine nächste Weite.

Einzeln sind wir Engel nicht; zusammen
bilden wir den Engel unsrer Liebe:
ich den Gang, du seines Mundes Jugend.

⟨X⟩
Nächtens will ich mit dem Engel reden,
ob er meine Augen anerkennt.
Wenn er plötzlich fragte: Schaust du Eden?
Und ich müßte sagen: Eden brennt

Meinen Mund will ich zu ihm erheben,
hart wie einer, welcher nicht begehrt.
Und der Engel spräche: Ahnst du Leben?
Und ich müßte sagen: Leben zehrt

Wenn er jene Freude in mir fände,
die in seinem Geiste ewig wird, –
und er hübe sie in seine Hände,
und ich müßte sagen: Freude irrt

⟨XI⟩
Aus der Trübe müder Überdrüsse
reißt, die wir einander bebend bringen,
uns die Botschaft. Welche? Wir vergingen –
Ach wann waren Worte diese Küsse?

Diese Küsse waren einmal Worte;
stark gesprochen an der Tür ins Freie
zwangen sie die Pforte.
Oder waren diese Küsse Schreie..

Schreie auf so schönen Hügeln, wie sie
deine Brüste sind. Der Himmel schrie sie
in den Jugendjahren seiner Stürme.

⟨XII⟩
WIE die Vögel, welche an den großen
Glocken wohnen in den Glockenstühlen,
plötzlich von erdröhnenden Gefühlen
in die Morgenluft gestoßen
und verdrängt in ihre Flüge
Namenszüge
ihrer schönen
Schrecken um die Türme schreiben:

können wir bei diesem Tönen
nicht in unsern Herzen bleiben
_ _ _ _ _ _ _ _ _ _ _ _ _ _ _ _ _ _ _ _

_ _ _ _ _ _ _ _ _ _ _ _ _ _ _ _ _ _ _

⟨XIII⟩
ENDLICH ist bei diesem Schaun und Tauchen
in das deinige, das nicht, das nie
ganz verwendete Gesicht zu brauchen:
schweigend steigt in die getrunknen Augen
Tiefe aus dem Knien der Knie

_ _ _ _ _ _ _ _ _ _ _ _ _ _ _ _ _ _ _ _

_ _ _

⟨XIV⟩
Für Lulu

SIEH, ich bin nicht, aber wenn ich wäre,
wäre ich die Mitte im Gedicht;
das Genaue, dem das ungefähre
ungefühlte Leben widerspricht.

Sieh ich bin nicht. Denn die Andern sind;
während sie sich zu einander kehren
blind und im vergeßlichsten Begehren –,
tret ich leise in den leeren
Hund und in das volle Kind.

Wenn ich mich in ihnen tief verkläre
scheint durch sie mein reiner Schein . . .
Aber plötzlich gehn sie wieder ein:
denn ich bin nicht. (Liebe, daß ich wäre –)

⟨XV⟩
WEISST Du noch: auf Deinem Wiesenplatze
las ich Dir am schönen Vormittage,
(jenem ersten, den ich aus dem Schatze
einer wunderschönen Zeit gehoben)
las das Lied der Rühmung und der Klage.
Und mir schien Dein Leben wie von oben
zuzuhören; wie von jeder Seite
kam es näher; aus dem sanften Rasen
stieg es in die Räume meiner Stimme.
Aber plötzlich, da wir nicht mehr lasen
gab ich Dich aus Nachbarschaft und Weite
Dir zurück in Dein gefühltes Wesen.

Fernesein ist nur ein Lauschen: höre.
Und jetzt bist Du diese ganze Stille.
Doch mein Aufblick wird Dich immer wieder
sammeln in den lieben: Deinen Körper.

HERRN VON MOSCH

NOCH weiß ich sie, die wunderliche Nacht,
da ich dies schrieb: was war ich jung.
Nun hat seither des Schicksals Forderung
Geschehen über Tausende gebracht,
Mut über Tausende, Not über sie,
und über Hunderte das Heldentum
das plötzliche: als hätten sie noch nie
ihr Herz gekannt. So war auch meines ganz
wie neu für mich in jener fernen Nacht
da ungeahnt, unausgedacht,
dieses Gedicht aus ihm entsprang...
So sind wir etwas, *sinds* und wissens nicht
und Schicksal ist nicht mehr als wir: es will.
Dann wollen wir und wollen streng und still –:
unendlich aber aus dem Herzen bricht
mehr als wir wollen, *mehr* als Schicksal kann.

OFT bricht in eine leistende Entfaltung
das Schicksal ein, des Blutes stilles Gift:
wir aber rühmen Herzen, deren Haltung
die Stunde der Zerstörung übertrifft.

Marien-Herz, verkündigtes, du glühst
scheinender auf in diesem Zeitenwinde.
Du blindgeweintes. Doch um solche Blinde
gerät der ganze Raum ins Schaun und grüßt

   das reine Ding, das dauernder erbaute,
die eingewendete Figur.
Da ordnet um das *eine* Angeschaute
sich neu die plötzlich schauende Natur.

VORSCHLÄGE ZU EINEM HAUS-SPRUCH

– 1914 –

IN diesem Jahr, das stark war im Zerstören /
erstand ich rein / der Zukunft zu gehören.

—

NEUNZEHNHUNDERTUNDVIERZEHN / bin ich erbaut /
habe, von Menschenstürmen umweht,
werdend immer voraus geschaut. / Habe vertraut:
    wer vertraut, besteht.

—

1914

WUNDERT euch nicht, daß ich *doch* erstand. /
Das ist das Beste der Menschenhand:
daß sie im Bauen beharre. /
Hoffet, ihr Heimgesuchten, vertraut,
daß zuletzt auch die tödliche *baut*
und die nichtmehr vermögende, starre.

* *
 *

⟨FÜR MAGDA VON HATTINGBERG⟩

ERRÄNGE man's wie einst als Hingeknieter,
ich lebte längst aus Gottes Geist,
doch jetzt befiehlt ein *schreitender* Gebieter,
der uns im Gehn gehorchen heißt.

Da bleib ich weit hinter den anderen,
denn ich kann *nicht* gehn als auf meinen Knien.
Aber wie einst den knieend Schreitenden
ist jetzt den Gehenden die Zeit verziehn.

FRAGE AN DEN GOTT
Zueignung an Renée

HAB ich nicht recht, daß ich sie langsam spanne,
eh ich die Vögel meiner Welt
erlege; prüfend erst, von welchem Manne
mein gradestes Gefühl am höchsten schnellt?

Hab ich nicht recht, wenn ich sie nachts verachte?
Mit ihnen trifft man nur das nahe Tier;
ich aber will, die ich im Gehn betrachte,
die hohen freien Stürme über mir,

den Himmel selbst, wie er auf Schwingen liegt,
will ich durchbohren, wenn ich einmal fühle:
wo ist der Bogen für so weiten Pfeil?
Solang *das* Liebe heißt, daß einer siegt

über den andern, geh ich. Teile Kühle
im Gehen mit. Ich werde nicht zuteil.

DES GOTTES ANTWORT
Zweite Zueignung an Renée

Du Prüferin, du nimmst es so genau.
Genauem Beter wird der Gott genauer.
Ich ward ein Gott der Trauer.
Du aber wirst mich, überhelle Frau,

vielleicht erheitern. Wenn du nur bestehst
und, an den doch nicht Brauchbaren vorüber,
in deiner ganzen Strahlung, um nichts trüber,
dem Einzigen entgegengehst.

O reiß zu ihm die Weiten alle mit,
die in dir wehen. Deine Freimut kann es.
Und da soll nichts beschränken deinen Schritt.
Giebt es ihn nicht, so hast du *mich* geliebt:
den Gott der Liebe, statt des Liebes-Mannes;
denn keine weiß wie du, daß es Mich giebt.

Die Jugend haben –, oder Jugend geben –
gleichviel wozu man sich entschließt:
denn ewig unverlierbar ist das Leben,
wo es aus reinen Kräften sich vergießt.

⟨AUS DEM GÄSTEBUCH
VON DR. OSKAR REICHEL⟩

RÜHRE einer die Welt: daß sie ihm stürze ins tiefe
fassende Bild; und sein Herz wölbe sich drüber als Ruh.

⟨FÜR FRAU GRETE WEISGERBER⟩

DRAUSSEN Welten, Welt –, wieviel,
  aber wer beschreibt   [wie vieles –;
     Glück und Übermaß des Gegenspieles,
     das in uns Gesicht und Wesen treibt.

Draußen Lüfte, Grüße, Wünsche, Flüge,
Übertroffenheit, Betrug –,
     aber innen blühende Genüge
     und der unbeschreibliche Bezug.

DAS TAUF-GEDICHT
Meinem Taufkind (Oktober 1916)

DU auf der Schwelle. Heimischer und Gast.
Du Knabe, wacher, auf der Lebens-Schwelle,
abgleitet deinem Scheitel leicht die Welle
als deines Wachsens fallender Kontrast.

So fällt an dir des Lebens Flut und Zeit.
Nichts bleibt in dich gefaßt, wie du's auch ränderst.
Und alles, was du wirst und hast und änderst,
wird abends wieder absein wie ein Kleid.

Und doch hat dies dich dauernder verwoben:
daß eine Hand aus fließender Natur
ein wenig Wasser über dich gehoben,

das nun, vermischt mit Scheu aus dieser Hand,
zitternd von ihr, die künftige Figur
in dir erfrischt wie ein gewilltes Land.

⟨FÜR RUTH RILKE⟩

WAS Kühnheit war in unserem Geschlecht,
ward in mir Furcht: denn auch die Furcht ist kühn.
Dir aber giebt das Leben endlich recht:
Aus Furcht und Kühnheit darfst du ruhig blühn.

⟨FÜR MARGARETHE VON MAYDELL⟩

DA rauscht das Herz. Was stärkt, was unterbricht,
was übertönt das Rauschen seines Ganges?
Oft war ein Frohes feindlich und ein Banges
war mehr als Beistand. Ach, wir wissen nicht.

Doch manchmal sind wir innen so im Recht,
daß wir Geschehn mit Dasein überwiegen,
und sind so voll, so von uns schwer, so echt,
daß sich die stummen Stützen biegen,

die mit uns wuchsen. Wirklichkeit des Seins.
Um des Geliebten, um der Leistung willen
erstehn wir seiend, seiender. Sind eins

mit der erlebten Erde. Und im Stillen
entströmt die Weite reinen Augenscheins
wie klarer Weltraum unseren Pupillen.

⟨AN ALMA JOHANNA KOENIG⟩

KIND, die Wälder sind es ja nicht,
    welche die Stürme erregen;
ach, nicht einmal das Meer
    stürzt in die Räume den Sturm.

Du, du stürmtest. Was war ich da?
    Hain oder Garten; rauschte, gab Raum.
Oder die Ebene war ich
    deines gestürmten Gefühls.

Wo aber warst du seither, du Sturm?
    Du Frühsturm, von wo jetzt
bringst du wie Nachtwind zurück
    meiner Wälder Geruch?

Unsichtbar kommst du und wehst.
   Soll ich um deine Erscheinung
trauern? Aber du warst ja
   eben ein Mädchen, das schrieb.

Schriebst du? Atmetest? Oder
   fühltest du selber dich nur
schattig und wieder
   licht unterm wechselnden Baum?

So auch über mich nun
   bringst du beweglichen Wechsel.
Kommst und entgehst.
   Kamst lange. Bist lange vorbei.

Wer von uns ist gestorben?
   daß wir uns so mit Erinnern
trösten? Legst du mir deinen
   Spiegel, Mädchen, aufs Grab?

Oder bist du schon selber
   wie die Entwandelten leicht?
Daß du mir mitten durchs Zimmer
   gehst? Und ich fasse dich nicht?

Siehe, da spiel ich dir nun
   diese staunenden Strophen.
Und erfinde dich mir.
   Denn du *bist* nicht. Nichtwahr?

So wie *ich* ja nicht bin.
    Denn ich wohne, du weißt es, im Innern,
wo es nicht Greifbares giebt.
    Aber Winken ist süß.

Und ein Wink nicht in Luft.
    In deinem umziehenden Atem
wink ich. (Reg ich ihn auf?
    Hat er sich sanfter gelegt?)

KLEINE GEGENGABE
INS GEMÜT DER SCHLÄFERIN

L<small>ANDSCHAFT</small> des Traumes. Tränensturz im Traum.
O Wirklichkeit im Herzenszwischenraum.
Wie Perlenstickerei, wie unter Glas
bei Tag. Wohin versank es? Wo geschahs?

Verwandlung, ach: ich Tränenfall und er?
Enthielt er mich, viel klarer als vorher?
Glänzt mir aus ihm des Weinens Widerschein?
Und war es, weil ichs weinen mußte, mein?

Warum denn ich? Warum denn der? Warum
auf einmal leitend zwischen uns der Engel?...
Erwachen: offenes Herbarium
für meines Schlafes Blüte, Blatt und Stengel.

⟨VORSCHLAG ZU EINEM HAUS-SPRUCH⟩

Da vieles fiel, fing Zuversicht mich an. /
Die Zukunft gebe, daß ich darf. / Ich kann. /

FÜR LOTTE BIELITZ

Schwer ist zu Gott der Abstieg. Aber schau:
du mühst dich ab mit deinen leeren Krügen,
und plötzlich ist doch: Kind sein, Mädchen, Frau –
ausreichend, um ihm endlos zu genügen.

Er ist das Wasser: bilde du nur rein
die Schale aus zwei hingewillten Händen,
und kniest du überdies –: Er wird verschwenden
und deiner größten Fassung über sein.

Gott läßt sich nicht wie leichter Morgen leben.
Wer einfährt in den Schacht, der hat der vollen
Erde Gefühl um Werkschaft aufzugeben:
der steht gebückt und lockert ihn im Stollen.

FÜR FRÄULEIN HEDWIG ZAPF

Wir wenden uns an das, was uns nicht weiß:
an Bäume, die uns traumvoll übersteigen,

an jedes Für-sich-sein, an jedes Schweigen –
doch grade dadurch schließen wir den Kreis,

der über alles, was uns nicht gehört,
zu uns zurück, ein immer Heiles, mündet.
O daß ihr, Dinge, bei den Sternen stündet!
Wir leben hin und haben nichts gestört....

⟨FÜR BERNT VON HEISELER⟩

UNTERGANG und Überstehen: beides
ist am Jugendlichen selbst schon alt;
nur wie An- und Abtun eines Kleides
streift es die entsteigende Gestalt.

FÜR FRÄULEIN
ELISABETH VON GONZENBACH

SCHÖNHEIT war einst in tiefbemühten Zeiten
wie nach dem Tag die reine Abend-Ruh;
uns drängt Unsichtbares von allen Seiten,
und aus Gesetzen, die wir überschreiten,
kehrt sich das Leben uns als Drohung zu.

So suchen wir nach einem wachen Geiste,
der nicht mehr ruht, der sich mit uns bewegt.
Wir stürzen hin, und mit uns stürzt das Meiste,
doch kanns geschehn, daß dieses weitgereiste
Gefühl versöhnlich sich zu Ruhe legt.

Wenn irgendwo, in schön geliebtem Hause
Herkömmliches mit Kommendem sich mischt,
von Mißtraun fern und ferne vom Applause:
wie atmet man, wie segnet man die Pause,
wie dankt man dann, erinnert und erfrischt!

D<small>A</small> war nicht Krieg gemeint, da ich dies schrieb
in *einer* Nacht. Kaum Schicksal war gemeint,
nur Jugend, Andrang, Ansturm, reiner Trieb
und Untergang der glüht und sich verneint.

⟨FÜR FRAU GUDI NÖLKE⟩

U<small>ND</small> Dürer zeichnete das »Große Glück«
ganz übergroß, doch irdisch Stück für Stück,
des Frauen-Leibes fühlendes Gebäude.

Wers überholt und blickt danach zurück,
verliert ein Ewiges: *die große Freude.*

SONETT

O <small>WENN</small> ein Herz, längst wohnend im Entwöhnen,
von aller Kunft und Zuversicht getrennt,
erwacht und plötzlich hört, wie man es nennt:
»Du Überfluß, Du Fülle alles Schönen!«

Was soll es tun? Wie sich dem Glück versöhnen,
das endlich seine Hand und Wange kennt?
Schmerz zu verschweigen war sein Element,
nun zwingt das Liebes-Staunen es, zu tönen.

Hier tönt ein Herz, das sich im Gram verschwieg,
und zweifelt, ob ihm dies zu Recht gebühre:
so reich zu sein in seiner Armut Sieg.

Wer *hat* denn Fülle? Wer verteilt das Meiste? –
Wer so verführt, daß er ganz weit verführe:
Denn auch der Leib ist leibhaft erst im Geiste.

⟨FÜR DIE *FREIE VEREINIGUNG
GLEICHGESINNTER* IN LUZERN⟩

D<small>A</small> blüht sie nun schon an die achtzehn Winter
die »Freie Vereinigung Gleichgesinnter«.

Möge sich mancher noch fähig finden,
sie für einen Abend zu binden, –

und daß sie ihm (läßt er sie wieder frei)
stets von der gleichen Gesinnung sei.

DER GAST

W<small>ER</small> ist der Gast? *Ich* war's in *Ihrem* Kreis.
Doch jeder Gast ist *mehr* zu seiner Stunde;

denn aus des Gastseins ururaltem Grunde
nimmt etwas an ihm teil, was er nicht weiß.

Er kommt und geht. Er ist nicht von Bestand.
Doch fühlend plötzlich, daß man ihn behüte,
erhält er sich im Gleichgewicht der Güte
gleich ferne von bekannt und unbekannt.

AUF EINEM LAMPENSCHIRM

⟨1⟩
Sei der Flamme, die hinter dem Schirme brennt,
mein Name immer so transparent,
wie für des eigenen Herzens Schein
ich selber möchte durchsichtig sein.

⟨2⟩
Käm des Teufels Namen vor das Licht,
es wäre verfinstert, man sähe es nicht;
wir wiederum sind nicht klar genug:
drum bleibt in Schwarz unser Namenszug.

⟨3⟩
Die Lampe ist wie das Jüngste Gericht,
da führt man keinen mehr hinters Licht;
ein Hinter-dem-Lichte giebt es nicht.
Jeder ist *vor* dem Licht und – spricht.

⟨4⟩

Die Lampe: ein strahlender Mittelpunkt,
mit dem nun jeder Name prunkt;
dafür sind wir alle peripher:
in der Flamme heißt man eben nicht mehr.

⟨FÜR DIE VEREINIGUNG *QUODLIBET*
IN BASEL⟩

DIE Freude, tief Erfahrenes zu bringen,
hält jener anderen das Gleichgewicht,
in der, empfangend, Gutgewillte schwingen:
das sei der Dank, der überzeugend spricht.

⟨FÜR HANS REINHART⟩

THEATER will der Wirklichkeit nicht gleichen,
es drängt, es wächst, es blüht darüber hin;
doch plötzlich tritt auf ein geheimes Zeichen
in das Gespielteste der ganze Sinn
von Tod und Leben   vor die Herzen Vieler,
die ihn gewahren dürften, wäre dann
Gestalt vor ihnen: ach, der kühne Spieler,
der fraulich fühlt, Kind, Dämon ist und Mann...

Und diesmal war's.
    Vergeßt nicht.
        Staunet an!

⟨FÜR DIE LITERARISCHE VEREINIGUNG
IN WINTERTHUR⟩

Was du auch immer empfängst: des Momentes gedenke
da man durch plötzlich durchsichtig geklärte Geschenke
leere gewillte Hände erkennt.
Diese Gebärde der Armut hält uns verbunden;
aber nun zeigt sich auch dies: nur durch Fülle der
nur durch Gaben sind wir getrennt.　　　[Stunden,

Hier sei uns Alles Heimat: auch die Not.
Wer wagt, was uns geschieht, zu unterscheiden?
Vielleicht macht uns das Leiden leidend leiden;
und wenn wir wegschaun, schützt uns, was uns droht.

⟨FÜR MARIA VON HEFNER-ALTENECK⟩

Es liebt ein Herz, daß es die *Welt* uns rühme,
nicht sich, nicht den Geliebten, denn: wer wars?
Ein Anonymes preist das Anonyme,
wie Vogelaufruf das Gefühl des Jahrs ...

Wie ist doch alles weit ins Bild gerückt.
Wir staunens an und nennen es: das Wahre.
Und wandeln uns mit ihm im Gang der Jahre.
Und doch ist unsichtbar, was uns entzückt.

Drum sorge nicht, ob du etwa verlörst.
Das Herz reicht weiter als die letzte Ferne.
Wenn du die eigne Stimme steigen hörst,
so singt die Welt, so klingen deine Sterne.

⟨FÜR FRAU THEODORA VON DER MÜHLL⟩

Wie doch im Wort die Flamme herrlich bleibt.
Die Zeit geht hin und kann sie nicht verwehen.
Nur daß ihr Gang auch uns, wenn wir geschehen,
ins Innre dieser Wort-Gestalten treibt.

⟨FÜR FRAU NANNY WUNDERLY-VOLKART⟩

Stein will sich stärken / Werkzeug
                 mag sich schärfen,
damit ein Herz sich langsam auferbaue:
hier ist das später namenlos genaue
dabei, in reinem Zug sich zu entwerfen.

⟨FÜR FRAU THEODORA VON DER MÜHLL⟩

Letztes ist nicht, daß man sich überwinde,
nur daß man still aus solcher Mitte liebt,
daß man auch noch um Not und Zorn das Linde,
Zärtliche fühlt, das uns zuletzt umgiebt.

⟨FÜR HANS ZESEWITZ⟩

Dass wir, was wir erfahren, rein gebrauchten
und in der Not, dem Sturm zu widerstreben,
dies nicht verlören: als die Angehauchten
sanftestem Antrieb fühlend nachzugeben.

Denn zwischen zwei Gewalten steht das Leben:

Die eine will es reißend unterbrechen,
die andre schwingt – als wär es nicht – vorüber.
Doch wir sind schwächer, wo wir widersprechen
als wo wir dienen: denn da gehn wir über.

⟨FÜR BALADINE⟩

Fülle ist nicht, daß sie uns betrübe –,
Alle ahnten schließlich, wer besaß?
Fürchte nicht zu leiden, aber übe
Dir das reine Herz am Übermaß.

NIKE

Zu einer antiken Figur:
(kleine Nike an der Schulter des Helden)

Der Sieger trug sie. War sie schwer? Sie schwingt
wie Vor-Gefühl an seinem Schulterbuge;

in ihrem leis ihm eingeflößten Fluge
bringt sie den Raum ihm *leer*, den er *voll-bringt*.

Sie wandelt Weite um in ein Gefäß,
damit sein Handeln nicht im Wind zerstiebe.
Sie flog zum Gott –, und zögert ihm zu liebe,
und ihr zu lieb wird er dem Maß gemäß.

⟨FÜR FRÄULEIN NORA NIKISCH⟩

Wer aber weiß von uns? Nicht Baum, noch Sterne,
nicht die vergangnen Helden, die wir gerne
beriefen –, ach, nicht einmal unser Haus!
   Kleingläubige, so lobet doch die Ferne:
   nur weil sie fern sind, drücken sie uns aus.

⟨FÜR FRITZ ADOLF HÜNICH⟩

Aufstehn war Sagen damals. Schlafengehn
war abermals ein Sagen der Gesichte.
Das Herz stand früh und abends im Gerichte,
mit eingeständigem Geschehn.

So hat sich diesem innersten Diktate
schließlich die Hand erschrockener gefügt;
wohin die Zeile ging? – Sie ging zu Rate
mit jenem Geist, dem sie genügt.

HAÏ-KAÏ

Kleine Motten taumeln schauernd quer aus dem Buchs;
sie sterben heute Abend und werden nie wissen,
daß es nicht Frühling war.

⟨FÜR PFARRER W. BECKER⟩

Dass Demut je in Stolzsein überschlüge –,
o Zauber aller Zauber –: wie geschähs?
Was wird aus stolzer Demut? Wird sie Lüge? –
Nein: sie wird Überfluß – und der Genüge
am Überfluß das herrlichste Gefäß.

⟨FÜR RENÉ D'HARNONCOURT⟩

Wenn es ein Herz zu jener Stille bringt,
die Dingen eigen ist, zu reinem Warten,
wird es (mitten im Schicksal) unbedingt
und schuldlos offen: siehe: wie ein Garten,
dem, hingegeben, daß er giebt, gelingt.

⟨DAS KRANZGEDICHT FÜR LO SANDER⟩

So oft du auch die Blumen der vertrauten
spielenden Wiesen dir zum Kranze wandest
und wie zur Probe, froh, im Schmucke standest,
vor jenen Augen, die dich täglich schauten –:

Nun faß dich neu für einen neuen Kranz.
Die andern waren wie ein Wettspiel, heiter,
ein Mitblühn, ach, ein Längerblühn –, was weiter?
Doch dieser neue übertrifft dich ganz.

Er stammt von Sträuchern südlicher Gelände.
Dies Weiße seiner Blüten täuscht: sie glühn.
Orangenpracht und Stolz der Taxuswände
sind ihm verwandt –, und tief im Immergrün

ist Vorrat wie zur Schöpfung einer Nacht...
Mehr als wir je   vermag er dich zu fassen,
der fremde Kranz –: so sei ihm überlassen,
ihm, der dich rein und sternig überwacht!

BAUDELAIRE

DER Dichter einzig hat die Welt geeinigt,
die weit in jedem auseinanderfällt.
Das Schöne hat er unerhört bescheinigt,
doch da er selbst noch feiert, was ihn peinigt,
hat er unendlich den Ruin gereinigt:

und auch noch das Vernichtende wird Welt.

Für Anita Forrer / zum 14. April 1921.

⟨FÜR BALADINE⟩

Der Gram ist schweres Erdreich. Darin
wurzelt dunkel ein seliger Sinn,
daß er sich blühend entringe;
wie war in dir, mein stiller Schooß,
alles trotzdem namenlos:
draußen erst heißen die Dinge.

Heißen nach Zweifel und heißen nach Zeit,
aber da legen wir Seligkeit
plötzlich zwischen die Namen.
Und dann tritt auch die reine Hirschkuh
und der starke Stern dazu
in den befriedigten Rahmen.

⟨FÜR FRANCISCA STÖCKLIN⟩

Wo so viel stilles inneres Ereignen
ein Buch sich, drinnen ringend, angewann,
käm ich zu spät, es wörtlich anzueignen;
dem so es Fassenden gehört es an

wie einem Kind die hoch geholte Blume.
Nun sei es ihm in Einem süß und herb
und treibe ihn zum ernstesten Erwerb
und mach ihn frei in *jedem* Eigentume.

FÜR WERNER REINHART
ins Gäste-Buch auf Muzot

D̶ɪᴇ Erde ist noch immer überschwemmt.
Als mir die Arche auf dem »*Berg*« zerfiel,
schien mir, als ob noch manches Krokodil
unter dem trüben Stand der Wasser schnarche;
(sie spielen noch das schlimme Sintflutspiel).
So fiel ich auf die Kniee, diesem fremd,
und bat den Herrn um eine andre Arche.

Und er erhörte mich und trieb die Mäuse
aus einem Turm, der ihnen Nahrung war,
und zeigte mir das heilbare Gehäuse,
das eines Malers Hand vor manchem Jahr
für *Sie* gemalt. Dann rief er Sie desgleichen,
der nirgends einen Zufall kennt, der Gott,
und überhäufte uns mit hundert Zeichen
das endlich doch gebotene Muzot.

Und ich zog ein. Allein? Nein, eine Schar
von Überstehern, wie in Noah's Märchen.
Denn mit mir: jeglichen Gefühls ein Pärchen,
und aller denkbaren Gestalt – ein Paar.

⟨FÜR LEONIE ZACHARIAS⟩

Oh sage, Dichter, was du tust?
                     – Ich rühme.
Aber das Tödliche und Ungetüme,
wie hältst du's aus, wie nimmst du's hin?
                     – Ich rühme.
Aber das Namenlose, Anonyme,
wie rufst du's, Dichter, dennoch an?
                     – Ich rühme.
Woher dein Recht, in jeglichem Kostüme,
in jeder Maske wahr zu sein?
                     – Ich rühme.
Und daß das Stille und das Ungestüme
wie Stern und Sturm dich kennen?
                     : – weil ich rühme.

Ach in den Tagen, da ich noch ein Tännlein,
ein zartes, war in einer Gartenecke,
was sprach mir niemand von dem Eckermännlein,
das später aufkommt, daß es sich entdecke
Struktur und Stärke meiner frühsten Sprossen –?
Wie hätte mich so mancher Vers verdrossen
von jenen leicht und zeitig hingestreuten:
hätt ich geahnt: er soll mich einst bedeuten!
Viel rücksichtsvoller hätt ich mich erschlossen,
mich gründlich jeden Morgen prüfend: grün ich
auch schön genug für meinen künftigen Hünich?

⟨FÜR FRITZ ADOLF HÜNICH⟩

Ich komme mir leicht verstorben vor,
da ich dieses nicht hindern konnte –,
wie ein Mond, der sein Recht verlor
über das wiederbesonnte

Land. *Sie* führten das neue Licht
weckender Exegesen.
Nun sagt ich am Liebsten: Ich war es nicht.
Aber wer ists gewesen?

Lieber Herr Hünich: besser zirpt
von Anfang die kleinste Grille;
aber freilich: *ihr* verdirbt
niemand Natur und Stille.

Neigung: wahrhaftes Wort. Daß wir *jede* empfänden,
nicht nur die neue, die uns ein Herz noch verschweigt;
wenn sich ein Hügel langsam mit sanften Geländen
zu der empfänglichen Wiese neigt:
sei uns auch dieses *unser*. Sei uns vermehrlich.
Oder des Vogels reichlicher Flug
schenke uns Herzraum, mache uns Zukunft entbehrlich.
Alles ist Überfluß. Denn genug
war es schon damals, als uns die Kindheit bestürzte
mit unendlichem Dasein. Damals schon
war es zuviel. Wie sollten wir jemals Verkürzte
oder Betrogene sein: wir, mit jeglichem Lohn
schon Überlohnten . . . .

⟨IN DAS GÄSTEBUCH
AUF CHÂTEAU DE MUZOT⟩

In diesem Haus der Blonay, de la Tour,
de Monthéÿs –, war, da nach langer Pause,
sein Leben neu begann, noch *vor* dem Herrn
der Gast zu Haus. Dies deutet, der's erfuhr:
Der Gast sei stets das Blühn in diesem Hause,
der späte Herr, in seiner Frucht, der Kern.

Dem Lehens-Herrn
am Ausgang des wunderbar gewährten
Winters 1921/22.
Rainer Maria Rilke.

ODETTE R....

Tränen, die innigsten, *steigen*!

O wenn ein Leben
völlig stieg und aus Wolken des eigenen Herzleids
niederfällt: so nennen wir Tod diesen Regen.

Aber fühlbarer wird darüber, uns Armen, das dunkle–,
köstlicher wird, uns Reichen, darüber das seltsame
                                         Erdreich.

⟨FÜR MAX NUSSBAUM⟩

LEBEN und *Tod*: sie sind im Kerne Eins.
Wer sich begreift aus seinem eignen Stamme,
der preßt sich selber zu dem Tropfen Weins
und wirft sich selber in die reinste Flamme.

⟨FÜR EDMUND VON FREYHOLD⟩

WIRD erst die Erde österlich,
versammeln alle Hasen sich
im frühlinglichen Rasen.
Sie tanzen zu dem Grasgeruch
sehr »frey« und »hold«. Das Hasenbuch
steckt doch in jedem Hasen.

⟨FÜR PRINZESSIN MARIE THERESE
VON THURN UND TAXIS⟩

WIR sagen Reinheit und wir sagen Rose
und klingen an an alles, was geschieht;
dahinter aber ist das Namenlose
uns eigentlich Gebilde und Gebiet.

Mond ist uns Mann und Erde ist uns weiblich,
die Wiese scheint voll Demut, stolz der Wald;
doch über alles wandelt unbeschreiblich
die immer unentschiedene Gestalt.

Die Welt bleibt Kind; nur wir erwachsen leider.
Blume und Stern sind still, uns zuzusehn.
Und manchmal scheinen wir die Prüfung beider
und dürfen fühlen, wie sie uns bestehn.

⟨AUS DEM GÄSTEBUCH DER ›FLUH‹⟩

>   Wieviel Weite, wieviel Wandlung,
>   andre Haltung, andre Handlung
>   von Muzot bis zur Fluh:
>   Das völlige Leben umfaßt es
>   nach dem Gesetz des Kontrastes,
>   und man stimmt musikalisch zu.

⟨FÜR FRAU AGNES RENOLD⟩

Wir sind nur Mund. Wer singt das ferne Herz,
das heil inmitten aller Dinge weilt?
Sein großer Schlag ist in uns eingeteilt
in kleine Schläge. Und sein großer Schmerz
ist, wie sein großer Jubel, uns zu groß.
So reißen wir uns immer wieder los
und sind nur Mund.
                       Aber aufeinmal bricht
der große Herzschlag heimlich in uns ein,
so daß wir schrein ...
Und sind dann Wesen, Wandlung und Gesicht.

ZUEIGNUNG AN M....

geschrieben am 6. und 8. November 1923
(als Arbeits-Anfang eines neuen Winters auf Muzot)

SCHAUKEL des Herzens. O sichere, an welchem
                                unsichtbaren
Aste befestigt. Wer, wer gab dir den Stoß,
daß du mit mir bis ins Laub schwangst.
Wie nahe war ich den Früchten, köstlichen.
                              Aber nicht Bleiben
ist im Schwunge der Sinn. Nur das Nahesein, nur
am immer zu Hohen plötzlich das mögliche
Nahesein. Nachbarschaften und dann
von unaufhaltsam erschwungener Stelle
– wieder verlorener schon – der neue, der Ausblick.
Und jetzt: die befohlene Umkehr
zurück und hinüber hinaus in des Gleichgewichts Arme.
Unten, dazwischen, das Zögern, der irdische Zwang,
                                der Durchgang
durch die Wende der Schwere –, vorbei: und es
                                spannt sich die Schleuder,
von der Neugier des Herzens beschwert,
in das andere Gegenteil aufwärts.
Wieder wie anders, wie neu! Wie sie sich beide beneiden
an den Enden des Seils, diese Hälften der Lust.

Oder, wag ich es: Viertel? – Und rechne, weil er
                                sich weigert,

jenen, den Halbkreis hinzu, der die Schaukel verstößt?
Nicht ertäusch ich mir ihn, als meiner hiesigen
Spiegel. Errat nichts. Er sei [Schwünge
einmal neuer. Aber von Endpunkt zu Endpunkt
meines gewagtesten Schwungs nehm ich ihn schon in
          Besitz:
Überflüsse aus mir stürzen dorthin und erfülln ihn,
spannen ihn fast. Und mein eigener Abschied,
wenn die werfende Kraft an ihm abbricht,
macht ihn mir eigens vertraut.

FÜR MAX PICARD

Da stehen wir mit Spiegeln:
einer dort......, und fangen auf,
und einer da, am Ende nicht verständigt;
auffangend aber und das Bild weither
uns zuerkennend, dieses reine Bild
dem andern reichend aus dem Glanz des Spiegels.
Ballspiel für Götter. Spiegelspiel, in dem
vielleicht drei Bälle, vielleicht neun sich kreuzen,
und keiner jemals, seit sich Welt besann,
fiel je daneben. Fänger, die wir sind.
Unsichtbar kommt es durch die Luft, und dennoch,
wie ganz der Spiegel ihm begegnet, diesem
(in ihm nur völlig Ankunft) diesem Bild,
das nur so lang verweilt, bis wir ermessen,
mit wieviel Kraft es weiter will, wohin.

Nur dies. Und dafür war die lange Kindheit,
und Not und Neigung und der tiefe Abschied
war nur für dieses. Aber dieses lohnt.

FÜR *NIKE*
Weihnachten 1923

ALLE die Stimmen der Bäche,
jeden Tropfen der Grotte,
bebend mit Armen voll Schwäche
geb ich sie wieder dem Gotte

und wir feiern den Kreis.

Jede Wendung der Winde
war mir Wink oder Schrecken;
jedes tiefe Entdecken
machte mich wieder zum Kinde –,

und ich fühlte: ich weiß.

Oh, ich weiß, ich begreife
Wesen und Wandel der Namen;
in dem Innern der Reife
ruht der ursprüngliche Samen,

nur unendlich vermehrt.

Daß es ein Göttliches binde,
hebt sich das Wort zur Beschwörung,
aber, statt daß es schwinde,
steht es im Glühn der Erhörung

singend und unversehrt.

GESCHRIEBEN FÜR
FRAU HELENE BURCKHARDT

Weiss die Natur noch den Ruck,
da sich ein Teil der Geschöpfe
abriß vom stätigen Stand?
Blumen, geduldig genug,
hoben nur horchend die Köpfe,
blieben im Boden gebannt.

Weil sie verzichteten auf
Gang und gewillte Bewegung,
stehn sie so reich und so rein.
Ihren tiefinneren Lauf,
voll von entzückter Erregung,
holt kein Jagender ein.

Innere Wege zu tun
an der gebotenen Stelle,
ist es nicht menschliches Los?
Anderes drängt den Taifun,

anderes wächst mit der Welle –,
uns sei Blume-sein groß.

⟨FÜR FRAU FANETTE CLAVEL⟩

SCHWEIGEN. Wer inniger schwieg,
rührt an die Wurzeln der Rede.
Einmal wird ihm dann jede
erwachsene Silbe zum Sieg:

über das, was im Schweigen nicht schweigt,
über das höhnische Böse;
daß es sich spurlos löse,
ward ihm das Wort gezeigt.

FÜR ROBERT FAESI
UND FRAU JENNY FAESI

Wo sich langsam aus dem Schon-Vergessen
einst Erfahrnes uns entgegenhebt,
rein gemeistert, milde, unermessen
und im Unantastbaren erlebt:

Dort beginnt das Wort, wie wir es meinen;
seine Geltung übertrifft uns still.
Denn der Geist, der uns vereinsamt, will
völlig sicher sein, uns zu vereinen.